龍神と許嫁の赤い花印
～運命の証を持つ少女～

クレハ

JN030586

STARTS
スターツ出版株式会社

目次

龍神と許嫁の赤い花印

～運命の証を持つ少女～

プロローグ

日本《にほん》のとある地には、隔絶された龍神が住まう区域がある。

本来、天界に住まう龍神と、人間とをつなぐ場所。

遙《はる》か昔より龍神に支配された、ある意味ひとつの国と言っていいかもしれない。

幾多の龍神が訪れるその地を、人は『龍花《りゅうか》の町』と呼んだ。

長い長い時を生きる龍神が天界より気まぐれに舞い降りる町。

それであるとともに、龍神が伴侶となる者を探すための場所でもあった。

龍神の伴侶となる者は、生まれついて花の形をしたアザを持つ。

そのアザを持った者は国への報告義務が存在し、それを破ると厳罰に処されるという。

伴侶がこの世に生を受けると同時に龍神にも同じアザが浮かび上がり、神は龍花の町を訪れ、自分と同じ花のアザを持つ者を迎えに行く。

伴侶となれる者は男女問わない。それは龍神にも男神がいれば女神もいるからだ。

伴侶は人間としての生を終えれば、龍神とともに天界へと昇っていくという。

普通ならば、花のアザを持つ子が生まれると、すぐさま龍花の町へ送られ、物心つく前から町で暮らすことになる。

ゆえに、龍神が龍花の町に降りたら、すぐに伴侶と出会うことができる。

そう普通ならば……。

一章

都会から離れた奥深い山村。かろうじてライフラインが通っているが、信号もなく、夜になれば真っ暗になってしまうような小さな村で、ある若い夫婦がまさに出産の時を迎えていた。

部屋には夫婦と産婆、そして手伝いに来た近所の主婦も慌ただしく動いていた。

これから母になる女性は額に汗を浮かべながら、産婆に促されつつ必死に力を入れる。

女性にとっては、これが初めてのお産だった。

産婆は幾人もの子供の出産を手伝ってきたベテランである。女性もまた、この産婆に取り上げられたひとりだ。

ゆえに産婆に対する信頼はあつかったが、初産なために、恐怖心が湧いてくるのは仕方がない。

不安が当然ある中で襲ってくる、これまで感じたことのない痛みと苦しさを、愛しい我が子に会いたいという強い思いで歯を食いしばって耐え忍ぶ。

そばにいる夫はオロオロしながら妻の汗を拭っていた。

そうしてようやく赤子の泣き声が部屋に響くと、出産した女性も、このたび新しく父親となった男性も、ようやくほっと表情を緩めた。

「志乃《しの》、大丈夫かい？」

「ええ、あなた。それよりも赤ちゃんの顔が見たいわ」

女性の体力は限界まで消耗していたが、自分の体よりも気になるのは生まれたばかりの我が子のことである。

「ちょいと待ちなさい。慌てるんじゃないよ」

産婆が赤子の体を優しく拭いていたが、不意に手が止まった。

「これは……なんということだい」

驚きと切迫感のある声に、夫婦はその顔に心配そうな色を映した。

「どうしたの？　赤ちゃんは？」

「なにか問題でもあったのか？」

夫婦そろって、声には緊張が表れていた。

夫は妻から離れ、柔らかなタオルで包まれた赤子を抱いている産婆に近付く。

産婆の顔は強張っており、否が応でも男性は胸騒ぎを覚える。

「なんだ、どうしたんだ？」

「これを見てみな」

産婆は赤子の小さな手を父となった男性に見せる。

そこには、薄い朱色のアザが浮かんでいた。

ただのアザではない。甲には確かに花の形をしたアザがあったのだ。

「そんな……」

男性は衝撃を受けたように一歩後ずさり、手で口を押さえた。

顔色を悪くする夫の様子を見て不安に襲われた女性は、身を乗り出そうとするもうまくいかなかった。

「なに？　どうしたの、あなた。赤ちゃんになにかあったの？」

その間にも元気よく泣き声をあげている赤子の声がいやに耳に響く。

「花の……アザが……」

「えっ？　あなた、もう一度言って。よく聞こえなかったわ」

「子供の手の甲に、花のアザが浮かんでいる」

それを聞いた女性は息をのんだ。

「そんな、まさか花のアザって……」

「花印《はないん》。龍神の伴侶の証《あかし》だ」

女性は両手で口を押さえ、喉の奥で悲鳴を押し殺した。

他にいた近所の主婦たちもにわかにざわめく。

「なんてこと。星奈《ほしな》の一族から花のアザを持つ子が生まれるなんて」

「不吉な」

「性別は？」

「女の子よ」

「よりによって、女の子だなんて。なにか悪い予兆ではないの？」

新しい命が誕生したというのに、この場で赤子が無事に生まれたことを喜んでいる者はいなかった。両親ですら顔には喜びではなく、戸惑いと怖れが浮かんでいた。

「あなた……」

すがれるものを探すように、女性の手が男性に伸ばされる。

男性は強張ったままの表情で、その手を握った。男性自身もなにかすがれるものが必要だというように。

「赤ちゃんを見せて。お願い」

震える声で、女性は懇願する。自分の子がよりによって花の印を持っているなんて、自分の目で確かめなくては信じられなかったのだ。

いつの間にか、手伝いに来ていた主婦たちは部屋からいなくなっていた。

きっと村長に知らせに行ったのだと心の隅で思っていたが、夫婦はそんな周囲の動きを気にしていられる状態ではなかった。

「ゆっくりだよ」

産婆はさすが年の功か、冷静さを取り戻し赤子を女性へと渡した。

女性は赤子の小ささに嬉《うれ》しさが込み上げてきたが、同時に赤子の手の甲にある花の形をしたアザが目に入ってくる。

「本当に花のアザだわ」

女性は今にも泣きそうな顔で赤子の手を取り、じっくりと見つめた。どうか勘違いであってくれと願いながら、指で赤子のアザを擦《こす》る。何度擦っても花のアザが消えてなくなってくれはしなかった。けれど、その願いは無情にも崩れ落ちる。何度擦っても花のアザが消えてなくなってくれはしなかった。

ぽたりぽたりと意図せず涙がこぼれ落ち、赤子の頬を濡《ぬ》らす。

それは我が子の未来を案じてのもの。

「どうしてよりによって私たちの子が……」

男性はかける言葉が思いつかず、ただ妻の肩を抱くしかできなかった。

その時、小さな手が母である女性の指をしっかりと掴《つか》んだのだ。

小さな手の温もりは確かに自分たちの子が生きていることを感じさせた。

〝愛おしい〟という思いがあふれ、またぽたりとひと雫《しずく》の涙が落ちた。

そんな沈痛な思いに駆られている中で扉が開かれ、数人の男たちが無遠慮にずかずかと部屋に入ってきた。

筆頭にいるのは、ここ『星奈の村』の村長である。星奈一族の絶対権力者で、彼に逆らえる者は村にいない。

主婦たちから話を聞いて、花の印を持つ子が生まれたのか否か、慌てて確かめに来たのだろう。

とっさに女性は赤子を隠すように抱きしめる手に力を入れた。

男性もまた、妻子を守るように前へ出た。

「花印の子が生まれたというのは本当なのか？」

厳しい表情と声色で詰問する村長に、夫婦は気まずそうに視線を外す。

それがもう答えだった。

「なんてことだ。星奈の一族に〝忌み子〟が生まれるなんて」

頭を押さえて深いため息をつく村長に、女性は必死で訴えた。

「村長、けれどこの子は私たちの大事な娘です。どうか受け入れてください」

「お願いします！」

まだベッドから起き上がれない妻に代わり、男性がその場で土下座をした。女性も赤子を抱きながら必死で頭を下げる。

そんなふたりにかけられたのは、非情な言葉。

「お前たちの娘だ。お前たちが育てることは許そう。だが、国に届け出るのは許さん」

勢いよく男性が顔を上げる。

「えっ、ですが、花の印を持つ子は国に報告義務があります」

「ならん！」

厳しい怒鳴り声に、夫婦は体を震わせる。

「報告をしては、娘の存在が国に――龍花の町に知られるではないか。表向きはこの国に存在せぬ、日陰の者として育てるのだ。それができぬのなら、お前たちから引き離すしかない」

「そんなっ！」

夫婦にとって待ちに待った子供である。生まれてすぐに引き離されるなど苦痛以外のなにものでもない。

それに、引き離された後に赤子がどんな仕打ちを受けるか、考えるだけで怖ろしい。手放すことだけは絶対に避けなければならないと強く思った。

「……わ、分かりました」

唯一我が子を守る選択だったから、そう答えるしかなかった。

涙をのんで発した苦渋の決断を聞くと、もう用はないとばかりに村長たちは部屋から出ていった。

産婆も悲しげな視線を向けながらも、なにも言わずに部屋を後にした。

残ったのは、表情を曇らせる夫婦と、まだなにも分かっていない純真無垢《むく》な赤子だけ。

「あなた、今から龍花の町に駆け込んで助けを求めたらどう？　私はまだ動けないけど、あなたならこの子の存在を知らせに行けるわ」

「無理だ。村長も馬鹿じゃない。そうするだろうと考えて監視を置いているはずだ。俺が行動を起こしたら、即座に赤ちゃんを取られてしまう」

「そんな……。じゃあ、この子はこのまま星奈の村でひっそりと暮らさなければならないの？　そんなのってないわ。……これからどうなるの？」

不安そうにする女性に男性は無理やり微笑んだ。

「ミトなんてどうかな？」

「えっ？」

女性は夫が突然なにを言っているのか分からずに目を見張る。

「赤ちゃんの名前だよ。ずっと考えてたんだ。女の子ならミトにするって。漢字じゃなくてカタカナでミト。かわいいだろう？」

男性が、絶望とも言えるこの空気を変えようとしているのが分かったためか、女性も顔に笑みを浮かべた。

「そうね、すごくかわいいわ」

「だろう？」

男性は女性の肩に手を回して、赤子の顔を覗《のぞ》き込む。

「今日から君はミトだ。ミト、お父さんだぞう」

「まだ分からないわよ」

クスリと笑う女性ごと、男性は抱きしめた。

「俺がお父さんだ。だから、なにがあっても絶対に守ってみせる」

「あなた……」

男性の目には涙がにじんでいたけれど、決してこぼれ落ちたりはしなかった。それがせめてもの父親としての矜持《きょうじ》だったのかもしれない。

村長に対して反論することも逆らうこともできなかった情けない親だけれど、腕の中にいる小さな命を守れるのは自分たちだけだと心に刻みつけるように赤子の頬をそっと撫《な》でる。

「守ってみせる」

「ええ。私たちの子ですもの」

普通ならば、花の印を持つ子が生まれたら、それはもう大騒ぎになる。悪い意味ではなく、いい意味で。間違っても『忌み子』などと言われるはずがないのだ。

なのに、よりによって星奈の一族に生まれたばかりに、忌み嫌われてしまうことになる。

花のアザ。龍神の伴侶の証。

普通の家に生まれていれば、一族をあげてお祝いをしていただろうに。今後ミトは花印を隠していかなければならない。

そればかりか、国に届けを出すのも許されなかった。

つまり、戸籍もなく、ミトという人間はここにいながらにして生きていない存在になってしまったのだ。

戸籍のないことが今後ミトの将来に大きな障害となると、嫌でも想像できた。けれど、星奈の一族である以上、村長の言葉には逆らえなかった。

「情けない親でごめんよ。けれど、忘れないでくれ。俺たちは君が生まれてきてくれて嬉しいんだ。かわいい俺たちのミト」

「そうよ。私たちだけはずっと味方だからね、ミト」

夫婦の腕の中には、すやすやと穏やかな表情で眠る赤子がいた。

＊＊＊

それから十六年。

小さかったミトも、美しく成長していた。

緩い癖のついた髪は伸びて、ほどよく波打っている。少々幼さが残る顔立ちは儚《はかな》げにも見える。

ふんわりとやわらかな雰囲気を与える濃い茶色の髪と、ぱっちりとしたこげ茶の瞳に、優しげな顔立ちは、昌宏曰く、村一番の美人だと自慢してきかない。

「ミト。洗濯物を取り込んでちょうだい」

「はーい」

母である志乃に頼まれ窓を開いて庭に出ると、乾いた洗濯物をせっせと畳んで籠に入れていく。

すると、ひゅっとなにかがミトの前を横切り、今まさに取り込もうとしていたシーツにあたり土色に汚す。

よく見ればそれは泥だんごだった。

それひとつでは終わらず、丸められた泥だんごが次々にミトに向かって投げつけられ、周囲の洗濯物とともにミトの体を汚していく。

「やっ」

なにが起こったのか分からず慌てふためいていると、泥が飛んでくるのが止まった。

次に聞こえてきたのは、若い男女の声が混じった笑い声。

見れば生垣の向こうに数名の若い男の子がおり、その手は泥で汚れている。

投げつけていたのは彼らかとにらむと、男の子たちの背後で女の子たちが集まり、笑いながらミトを見ていた。

その集団の中心には、特にミトを敵視している真由子《まゆこ》がいた。

真由子とは、村長夫婦の唯一の孫だ。

ミトより三つ上の大学生で、村長夫婦が甘やかした結果、絵に描いたような我儘娘に育っている。この村において絶大な権力を持つ村長の威光を存分に活用している子であった。

「ほら、なにしてるのよ。もっとやっちゃって」

この村においては少々目立つしっかりとしたメイクをしており、明るい茶色に染められた髪は綺麗に巻かれている。

ピンク色に塗られた真由子の唇が意地悪く動く。

「オッケー」

真由子の言葉を合図に男の子たちの攻撃が再び始まった。

「やめて！」

そう叫んだところで彼らが手を止めないと分かっていても、ミトには声を出すことでしか反抗できない。

手を出そうものならその何倍にもなって帰ってくるだろうから。

そもそも華奢なミトでは、実力で黙らせることもできない。

「例のやつ使ってよ」

なにやらまた真由子が指示を出すと、これまでより大きな泥だんごがミトに向かって投げつけられた。

それは鈍い音とともにミトの額へ激しい痛みを与え地面に落ちた。

「つぅ！」

痛みのあまり声の出ないミトは額を押さえてうずくまった。

足元には泥に包まれた拳ほどの大きさの石が転がっている。どうやら額にあたった泥だんごには、これが入っていたようだった。

真由子たちがゲラゲラと笑っている最中に、父である昌宏《まさひろ》の怒声が聞こえた。

「なにしてんだ、お前たち！」

「ミト！」

続いて志乃も庭に出てきてミトに駆け寄る。

「どうしたの？　痛いの？」

志乃に促されてゆっくり額から手を離すと、ミトの手には結構な量の血がついていた。

「ミト、血がっ！」

悲鳴のような志乃の叫びに弾かれるように、昌宏が干してあった汚れていないタオルでミトの額を押さえた。

そして、両親が来ても変わらず嘲笑している男女の集まりをにらみつけた。

「お前ら！　ただじゃおかないぞ！」

そんな昌宏の怒号も彼らは意に介さない。

「ただじゃおかないってどうするんだよ」

「忌み子を産んだ奴らのくせに生意気だな」

「自分らの存在が迷惑になってるって分かってないんじゃないの？」

「一族の厄介者！」

真由子たちの攻撃は両親にも及び、ミトはそれが悲しくてならない。

集団の中に村長の孫である真由子がいるために、昌宏も強い反抗ができず悔しそうにしている。

志乃も聞くのがつらそうな顔をしており、そんな両親の顔を見てさらにミトは申し訳なくなる。

「お父さん、お母さん。もういいから」

「だが……」

「あなた、ミトが先よ。頭を打ってるから心配だわ」

昌宏は歯噛《はが》みしながら、ミトを優先させることを選び、洗濯物を放置して家の中へ急いだ。

幸いにも出血量のわりに傷は小さく、傷口を洗って消毒しただけだ。

しばらく傷を覆うガーゼが痛々しいが、しかたがない。

「ミト、気分が悪くなったらすぐに言うのよ」

「大丈夫だよ。それよりお父さんは？」

さっきの子たちの親に文句を言ってくるって出ていったわ。

そんなことをしてもこの村の人間はミトを傷つけた子たちを褒めはしても怒りはしないだろう。

昔からこの村は変わらない。まるで変わることを恐れるようだ。

これから先もこの村で生きていかないといけないと思うと胸が痛くて苦しい。

「こんな時は波琉《はる》に会いたいな」

小さなつぶやきは志乃には届かなかったようで、聞き返されることはなかった。

こういう落ち込んだ日には必ず思い浮かぶ人。

ここにはいないあの人を思ってミトは静かに目を閉じた。

そうすれば、夢でしか会えない彼の姿を描くことができるから。

——いつからだろうか、ミトがその不思議な夢を見るようになったのは。

幼い頃からだというのは確かで、一番古い記憶で三歳ぐらいだったろうか。

もっと前から見ていた気がするが、おぼろげで正確な年齢は分からない。

ひと晩で必ず一回は見るその夢の中では、澄み渡る青い空と、一面の花畑がどこまでも続いていた。

そして、花畑の中にぽつんとたたずむ、銀色の髪をした紫紺色《しこんいろ》の瞳の青年。

銀色の髪はキラキラと輝き、彼自身も負けないぐらいの綺麗《きれい》な顔立ちで、すっと通った鼻筋と形のいい二重の目と薄い唇は、まるで神が精巧に作った人形のように整っていた。

けれど冷たさは感じず、むしろ温かみを感じる穏やかで優しそうな雰囲気の彼は、今の時代にはそぐわない和服を着ていたが、より彼を神々しく見せていた。

幼い頃、ミトはこの世界は天国なんだと疑わなかった。目もくらむほどに美しい景色と、端正な顔立ちの青年は現実離れしていたから。

それとは逆に、夢というにはあまりにも意識がはっきりとしていた。風が運んでくる花の香り、地面を踏む感触。そのすべてが夢ではないとミトに訴えかける。

だからミトはここが夢なのか現実なのか判断ができなかった。

ただ、ここに来て思うのは、どうにかあの美しい青年と話ができないだろうかということ。

しかし、青年に向かって歩いていこうとするのだが、まるで行かせまいとするように、いつも同じ場所でガラスのように透明な見えない壁がふたりの間を阻む。

壁を叩《たた》いたり蹴ったりしたがびくともしない。

彼も何度か試みたのだろうか。当時はまだ幼いミトが壁に挑戦し続けるのを、無理だと首を横に振っている。

『なせばなる！』

半ば意地になっていたミトは、壁から距離を取り、勢いをつけて体当たりをした。

『うりゃぁ！』

しかし、まだ小さなミトの体は跳ね返されて尻餅をついた。

『いたた……。なんで夢なのに痛いの？　怪我はしないみたいだけどすごく痛い』

顔を上げれば、青年が壁に手をついて案じるようにミトをうかがっていた。

『やっぱりこの人もこっちに来られないみたいだなぁ。大人の人に無理なのに子供の私が壁を壊せるわけないよね』

何度か見えない壁を叩いてから残念そうに腕を下ろした青年を見て、心配をさせてしまったことが申し訳なくなる。

『大丈夫だよ』

ミトがにぱっと笑えば、青年はほっとしたように微笑む。

『せめて名前だけでも知れたらいいのになあ。なんでか声が聞こえないし。向こうにも私の声きこえてないのかな？』

じーと彼の顔を見つめながら考え込んでいるうちに目が覚める。

『う～。次こそは』

気合を入れて夜に備え、また夢の時間がやってくる。

『うーん……』

ミトは唸《うな》りながら、顎に手を置きグルグルと行ったり来たり。

『ここには紙も鉛筆もないし、どうしよう』

今日はなにをやらかすのかと青年が興味深げに見ていることに気づいていない。

『はっ、ひらめいた！　私って天才！』

ミトは一面に咲き誇る花びらをぶちぶちとむしっていく。

『ごめんね。でも夢だから大丈夫だよね。現実だったらお母さんに怒られそうだけど、ここにはいないし問題なし！』

遠慮せずに摘み取り、花びらで字を描いた。ミトの名前、【星奈ミト】と。

『これならどうだ！　私の名前ね。な、ま、え。分かるかな？』

文字と自分を交互に指さしながら必死に自分の名前を青年に伝えると、ジェスチャーで意図を理解できたのか、彼はこれまでにない優しい笑みを浮かべ何度も頷《うなず》いた。

そして、『ミト』と口が動いたように見えたのである。

『やった、伝わった！　今ミトって言ったよね？　絶対そう言った』

嬉しさが込み上げてくるとともに、今度は青年の名前が知りたくなった。

『あなたの名前はなに？』

自分の名前の文字と青年とを指させば、どうやら伝わったらしい。

青年はミトと同じように花を手折り、文字にしていく。

花を置いていく青年の手をワクワクしながらじーっと追っているとできあがったのは【波琉】という文字。

『うーんと、なんて読むの？』

まだそれほど漢字を知らない子供のミトは、読むことができずにこてんと首をかしげる。

『分からないよ。まだそんな難しい漢字は習ってないもん』

困った顔をするミトに気づいたのか、青年は文字の横にさらに字を描く。

【ハル】

『ハ、ル。波琉！』

にこりと微笑み、青年――波琉に向かって口を大きく開き、その名前を呼ぶ。

やっと青年の名前を知れたと、ミトはぴょんぴょん跳び上がって喜びを表現した。

『やっとあなたの名前が分かった！　うれしー』

けれど、夢はそこで覚めてしまう。がっくりとするミトだった。

『あう。今日の夢終わっちゃった……。でも、ちゃんと覚えてる』

現実に戻ってきても彼の名前を忘れたりはしなかった。

『波琉』

ベッドの上で忘れないようにもう一度名前を口にすると、途端に喜びが込み上げてくる。その日は異様にテンションの高い日となって両親を不思議がらせてしまった。

波琉との夢の中でのみの交流は続き、ミトは中学生になっていた。

『うーん、不思議。何年も経ってるのに、波琉って全然年取らないね。容姿も変わってないし』

成長するでも老けるでもない波琉に、やはり現実ではないのだと思わされる。

そのことに残念な気持ちでいる自分がいた。

ミトはいつしか、会話すらしたことのない波琉に恋心を抱いていたのだった。

変わりゆく想いに気づいたのはいつだったか。枯れた泉から少しずつ水が湧いてくるように、静かに想いが募っていった。

『これは夢なのに、私って馬鹿すぎる。好きになっても報われたりはしないのに』

今日も今日とて優しげに微笑む波琉が憎らしく思ってしまう。

『私の気も知らないで、なんかムカついてきた』

恨めしげにじとっとした眼差しを向けるミトに、波琉はこてんと首をかしげる。

そんな仕草すらかわいいと感じるミトは重症だと自分でも理解していた。

波琉は現実には存在しない夢の住人なのだと何度自分に言い聞かせただろうか。

夢を見なくなったらあきらめもつくのかもしれない。

けれど、ミトはいつかそんな日が来るのを怖れている。どうかこの苦しくも幸せなひと時が終わらないでくれと願っていた——。

そんな想いを抱いたまま十六歳となったミトは、体つきが女性らしくなってきた。

同じ年頃の子と比べて多少発育不足な気がしないでもないが、これからだと自分を励ましていた。

波琉には自分がどう見えているのかが、近頃とても気になっている。

年頃の女性となったミトを見て、なにか感じてくれているのだろうか。少しは女性として見てくれていたら嬉しいのに。

幼い頃と違い、背が伸びたことにより近くなった視線が合わさる。いつもニコニコと微笑んでいる波琉を見るたびに胸がぎゅっとしめつけられるようだ。

この気持ちを直接伝えられたらどんなに幸せだろう。

いや、変わらぬ笑顔で拒絶されたら立ち直れないかもしれない。

けれど、あふれ出てくる気持ちは時間を追うごとに大きくなり、ミトにはどうすることもできなくなっていた。

「……好き」

波琉を見ながらそう口にしてから、ミトは自分の発言に赤面する。

顔を見られないように波琉に背を向け、熱くなった頬を手で隠す。

「なに言っちゃってるのよ、私ってば」

自分で自分の発言が恥ずかしくてならない。

「聞かれなくてよかった」

壁があって幸いだった。こんな告白を波琉に聞かれていたら、羞恥心のあまり死んでしまう。

手でパタパタと顔を扇《あお》いで心を落ち着けてから振り返ると、口を手で隠し顔を赤くしている波琉の姿があった。

「えっ」

波琉はじっと見つめるミトの視線に照れくさそうにしながら、チラチラとミトをうかがっている。

そうなってようやくミトは思い出した。最近の波琉は読唇術ができるようになったらしく、ある程度ミトの言葉が伝わるのだ。

いつもは、ミトの答えを波琉が花で文字を作って返してくれるのである。

さすがに長文となると波琉も読み取るのは難しいようだが、ミトの言った『好き』の二文字ぐらいなら理解するのはたやすい。つまり……。

波琉に、先ほど思わず口からこぼれ落ちた心の声が届いた可能性が高いのである。

意図せずして波琉に告白してしまった。

それを理解したミトは、瞬間湯沸かし器のように顔を真っ赤にして叫んだ。

「きゃぁぁ！」

そこで夢から覚める。

ベッドから勢いよく起き上がったミトは、激しい動悸《どうき》に襲われていた。

「ああ、どうしよう。私ってばなんてことを」

夢であってくれ。いや、あれは夢の中の話なのだが、そうではなくて、夢のまた夢であってほしいという意味であって……。

ミトの脳内は大混乱になっていた。

ひと通り心の中で大騒ぎして落ち着いたミトは、ゆっくりとベッドから下りる。

「はぁ……」

朝からやけに疲れた気がする。

思わずため息をついた後、あの告白に顔を赤くしていた波琉の恥ずかしそうな顔を思い出して再び身悶《みもだ》えた。

「ああ～。どうしよう。次の時、どんな顔して会えばいいの？　直視できない！」

それは告白された波琉も同じかもしれない。

だが、波琉はあくまで夢の中の住人。何事もなかったようにされる可能性もあった。

「不毛だ。夢の中の人に恋するなんて、叶《かな》うはずがないのに。どうせ恋をするなら……」

ミトは視線を左手の甲に移す。

年を経るごとに赤く色づいていく花のアザ。不思議なことに、いつもあるはずの花のアザは夢の中では浮かんでいなかった。

なぜかは分からない。そもそもあんな夢を見続けること自体が理解不能なのだから、ミトが知るよしもなかった。

ミトが花印を持っていると知ったら、波琉はどんな反応をするだろうか。そもそも夢の住人が花印を理解しているのかすら疑問である。

「波琉も悪い。夢の中の妄想のくせに、思わせぶりな反応をするなんて！」

あのように顔を赤くして恥ずかしがられたら、期待をしてしまうではないか。

ミトは八つ当たりするように枕をぼすぼすと殴った。

しょせん波琉はミトが作り出した空想の人物なのだ。恋をするなら同じ花の証を持つ龍神にすべきだろう。

ミトはそっと花のアザを撫でた。

手の甲にある花の種類が椿《つばき》だと教えてくれたのは両親だった。

――あれは、同じ歳の子たちが小学校に入学する時だったろうか。

テレビの情報や両親が話しているふとした会話から小学校の存在を知っており、自分も当然通うものと思っていたのに、戸籍がないから無理なのだと言われてしまったのだ。

それとともに、ミトの置かれている立場についても教えられた。

本来なら花のアザを持つ子供が生まれるとすぐに国に届け出なければならず、申告を怠ると罰則があるのだという。

国に申告された子供はいくつかの審査をされ、アザが確かに龍神の伴侶の証である花印だと認められると、龍花の町に移動させられそこで過ごすことになる。

だが、決して親元から離されるわけではない。

望めば家族も一緒に龍花の町に住むのを許され、住む場所から職の斡旋《あっせん》まで親身になって手伝ってくれるらしい。

なにかしらの事情があって龍花の町に暮らせない場合も、ある程度の配慮がされるとか。

これらはあくまで両親がテレビなどで得た、国民なら誰もが知っている情報や噂なので、両親はもちろん、ミトにも真偽は分からない。

情報社会でありながら、龍花の町の詳細は行った者しか知らないのだ。

テレビではほとんど龍花の町や龍神に関する情報は流れておらず、おそらく情報規制がされているのだろうと思われる。

誰もが知っている場所でありながら、詳しくは知らない特別な場所。それが龍花の町だ。

そして、花のアザを持つミトが生まれた時に国への報告を止めたのが村長だったと、両親は表情を曇らせ教えてくれた。

どうしてそんな事態になってしまったかは、ミトが生まれた星奈の村に原因があった。

星奈の一族が暮らす、山深い場所にある小さな村で、村の人たちは皆親戚である。

百年ほど前に一族でこの地に移り住んできたのだ。

それ以前は、なんと龍花の町で神薙《かんなぎ》として暮らしていたらしい。

龍花の町の神薙は、国から認められた資格を持つ公務員のようなものだ。

国の試験を突破し、国からの要請を受けて龍花の町で龍神や花印を持つ伴侶に仕える。

百年前まではそうして龍神に仕えていたはずの星奈の一族に、ある日花印を持つ女の子が生まれたという。当時はめでたいと盛大に祝ったのだそうな。

しかし、その花印を持つ女の子が龍神の勘気に触れ、星奈の一族は責任を負わされ龍花の町から追い出された。

もう二度と龍花の町に足を踏み入れるのを許さないという強い意味を持つ追放であった。

以降、星奈の一族にとって花印を持つ子は凶兆の証となり、龍花の町のことも龍神のことも禁句とされた。

それは百年経った今でもなお色濃く残っている。

そんな中で生まれてしまったミトの存在を、村の住人は忌み子として嫌ったのである。

不吉な子供はいない者として戸籍に名前を残せず、学校に行くという当たり前のこともできない。

『なにがあって、星奈の人たちは出ていかなきゃならなかったの？』

子供のミトの素朴な疑問を、両親は答えられなかった。

『正直お父さんたちも知らないんだ。なにせお父さんたちが生まれるずっと昔の話で、村の人たちも知らない者の方が多いと思う』

百年も前の話だ。まだ二十代だった両親が知らなくてもおかしくはないが、散々忌み嫌うくせに他の村人たちですら知らないというのだからあきれる。

理由も知らないのに、なぜそんなにもミトを厭《いと》うのか。

ただ、昔からそうだったから流されているにすぎないのである。

星奈が追放された理由は正直どうでもよかったが、学校には行けないと知った当時のミトは、それはもう泣き喚いたものだ。

ミトにとって村での生活はとても窮屈だったから。ひとりで庭に出ることすら許されず、生活のほとんどを室内で過ごしていた。

しかも窓には日の光さえ通さない重たいカーテンが閉じられており、まるでミトの存在を隠すようだった。

たまに両親と一緒に外へ出たりもしたが、厭わしげな眼差しに気づかぬほどミトは鈍感ではなかった。むしろ子供だったからこそ空気を読めたのかもしれない。

自分に向けられる異様な気配をミトは正確に感じ取っていた。

けれど、当時は意味を理解できておらず、両親の目を盗んで家を抜け出したこともあった。

外から聞こえる子供たちの声があまりにも楽しそうだったため、我慢しきれなかったのだ。

けれど、そこに待っていたのは自分を迎えてくれる子供たちの笑顔ではなく、嫌悪と嘲笑。

『うわぁ、忌み子が来たぞ』

『やだ、あっち行ってよ』

『逃げろー』

『俺たちで倒しちゃおうぜ』

ケラケラとなんとも楽しそうに石を投げてくる子供たちに、ミトは泣きながら家へ逃げ帰った。

子供というのは残酷で、なおかつ親をよく観察している。親がミトを疎んじているのを見て、自分たちもそうしていいのだと学ぶのだ。

子供たちも、なぜミトが忌み子と言われているかも知らず、知ろうとせず、疑問を抱くでもなく、ただ目の前にいる弱者を嘲笑《あざわら》ったのである。

そんな肩身の狭い星奈の村から出られる唯一の方法が学校だった。

星奈の村は小さいゆえ、山を下りた、星奈とは無関係の子供たちも通う学校へ行くことになっている。

そこでならばミトも友達と言える存在を作れると入学する日を心待ちにしていたというのに……。

『なんで、なんで？』

涙を流しながら繰り返し問うミトに、両親は痛ましそうな顔をしていた。

『ごめんね、ミト』

『ミトの存在を外に知られるのを村長は怖れているんだ。また星奈の一族に災いが降りかからないかと』

けれど、災いとはなんなのか。それに答えられる人間は星奈の村には村長と一部の年寄りだけのようだという。

以前、昌宏が村長にそんな大昔の話をいつまでも気にしても意味はないだろうと訴えたことがあったそうだ。

すると村長は『忌み子には忌み子と呼ぶに値《あたい》する意味があるのだ』と言葉を濁したらしい。

村長はそもそも遠い昔、龍神に仕えていた星奈一族の当主の子孫である。

村長と一部の者には言い伝えられていた話が存在し、ミトを迫害する明確な理由があるのかもしれないと昌宏は感じたようだ。

だが、それ以外の村人は違う。勝手に想像し、勝手に怯《おび》えているだけ。

ミトにとっては理不尽この上ない。けれど、まるで自分が傷を受けたように悲しさと悔しさを顔に浮かべミトに謝る両親を見ていたら、それ以上の我儘《わがまま》は言えなかった――。

そうしてミトは、自分という存在を消されたまま今日に至るのである。

小さな頃は、いつか自分と同じアザを持つ龍神が迎えに来てくれるんじゃないかと期待したりもした。そうすれば、今の息苦しい生活が変わると信じて。

けれど、もうあきらめている。むしろ今となっては来てくれなくてもいいとすら思っていた。

なぜなら、ミトの中には波琉という想い人がいるからだ。

好きな人がいるのに、龍神の伴侶だなどと言われてもきっと受け入れがたい。

とはいえ、その波琉とだって心を通わせるなどできないとちゃんと理解している。

いずれは気持ちに整理をつけなければならない。

けれど、今だけは想うことを許してほしい。そしていつかは村を出たい。

そう願いつつも、十六歳となったミトは知っていた。村長は、我が家の動向をうかがっていると。

父の昌宏は林業で生計を支えてくれているが、休憩の合間でもひとりになることはないという。

母の志乃は手先の器用さを生かして、木を使ったインテリア雑貨をネットで売っている。村の外と交流を持つ機会が一番あるのは志乃だが、ミトの家にネットはつながっていなかった。

村でネットが使えないわけではない。辺鄙《へんぴ》なところだが、一応電気・水道・ネットなどの最低限のライフラインはあるのだ。

昔はミトの家でもネットが使えていたし、パソコンもスマホもあった。けれど、ミトが生まれたことで外との通信手段をすべて取り上げられてしまったのだ。

お客とネットでやりとりするのは村長の妻であり、雑貨作りは何人かの主婦と一緒に村長の家に集まって作業を行っているので、志乃もひとりになることがない。

両親は家の中にいる時以外のすべての時間を監視されていた。

夜中にミトが喉が渇いてリビングに降りると、両親が話しているのをこっそり聞いてしまった。

「今日もひとりで買い物に行くことすら許されなかったわ。昔は仲のいい人たちだったのに、誰も私を信用してくれない。ミトを生んだから悪いんだって。一応お給料をもらえているけど、他の人より明らかに少ないの。村長の奥さんには『忌み子を村に置いてやっているんだから、与えてもらうだけありがたいと思え』って言われたわ」

「給料を差別されてるのは俺も同じだ。それに一緒に働いてる人たちに『ミトを忌み子と呼ばないでくれ』って頼んでも、笑われてしまったよ。俺の方も、ひとりにならないようにずっと見張られている気がする。時々すごく冷たい目で見られるんだ。まるで責めるように」

「いつまでこんな生活が続くのかしら……。ずっとなんて考えたら耐えられないっ」

「声を抑えるんだ。ミトに聞こえてしまう。大丈夫だ、きっといつか転機は訪れる。そう信じよう」

静かに泣く母と、沈痛な顔で慰める父。

いつも明るく朗らかな両親しか見ていなかったミトには衝撃だった。

自分のせいで両親が苦労しているのが申し訳なくて、ミトは気づかれぬようにベッドに戻って声を殺し涙することしかできなかった。

その頃からだろう。明確に両親を助けたいという思いが浮かんだのは。

しかし、監視されていたのはミトも同じ。昼間は学校に行けない代わりに、母とともに村長の家へ行き、村長宅のパソコンを使わせてもらって通信教育を受けていた。

たとえ忌み子であろうと、せめて義務教育レベルの知識は与えてやりたいと両親が村長に頭を下げてくれた結果である。

村長としては、両親がいない間にミトが外とつながりを持つようなことをしないか監視しておきたい気持ちがあったのだろう。しぶしぶだが許可された。

ミトにとってはネットを使える唯一の機会だ。

そこまでしてなにを村長が怖れているのかはミトには分からない。

しかし、村長や村人の動向をなぜミトが知っているかというと、ミトには両親にしか言っていない特別な能力があったからだ。

コンコンコンと窓が叩かれたのでそっとカーテンを開けて窓を少しだけ開くと、スズメが中に入ってきた。

『おはよう、ミト』

「おはよう、今日は天気がいいわね」

『あら、夕方からひと雨来そうよ』

「えっ、本当？　じゃあ洗濯物を取り込んでおかないといけないね」

カーテンを閉めて着替え始めるミトを大人しく見ているスズメ。

ミトには昔から動物の声が理解できるという不思議な力があった。波琉の夢と一緒で、気がついたら理解できていたのだ。

なんの疑問もなく動物たちに話しかけるミトを、最初は子供のすることと微笑ましく見ていた両親だったが、山の動物が入れ代わり立ち代わりやってくるのを見て、さすがに不審に思ったらしい。

——ある時、獰猛《どうもう》な熊が家にやってきて、父親は猟銃を持って立ち向かおうとした。

だが、それを止めたのはまだ五歳にもならないミトだった。

『危ない』と叫ぶ両親の悲鳴を無視して、ミトが熊に向かって『お父さんとお母さんが怖がってるから山に帰って』と怒り、熊が入ってきた戸口を指さしたのだ。

すると、熊は何度か小さく鳴き声をあげてから大人しく帰っていったのである。

これには志乃も腰を抜かしてしまい、昌宏は口を開けたまま唖然《あぜん》としていた。

『あのね、山で鳥さんから私の話を聞いて挨拶に来たんだって。怖がらせてごめんねって言ってた』

ニコニコと笑いながら告げるミトに、昌宏が恐る恐る問う。

『ミトは熊の言葉が分かるのかい？』

『うん。熊さんだけじゃなくて、鳥や兎《うさぎ》や猪《いのしし》さんともお話しするよ。お父さんたちはお話ししないの？』

まだ無知だったミトは、当然両親も動物の声が理解できるものと思っていたのだ。

両親は顔を見合わせると、真剣な顔でミトに話しかける。

『ミト、それは絶対に誰かに言っちゃ駄目だ』

『どうして？』

幼いミトには理由が分からなかった。

『他の人には動物の声は理解できないからだよ』

『理解できないの？　お父さんもお母さんも？』

こくりと頷く両親を見て、そうなのかとミトは初めて知ったのである。

確かに両親が動物たちと話しているのを見たことはなかった。

『分からないものを分かると知ったら周りの人がびっくりしちゃうからな。だからこれは三人だけの秘密だ。誰か他に人がいる前でも話をしちゃ駄目だぞ。約束できるか？』

『うん、約束する』

素直なミトは両親の憂いにも気づかず、よく分からないまま約束したのであった――。


十六歳となった今では父がそうした意味がよく分かる。

ただでさえ花のアザを持つ忌み子と言われているミトがそんな不思議な力を持っていると知られたら、今度こそどんな目に遭わされるか考えるだけでも怖ろしい。

両親の判断は正しかった。理解してからはいっそう家の外では気をつけるようにしている。

村長一味が家の中に盗聴器を仕掛けるまでのことはしていなかったのが幸いだ。だが、村の至るところに監視カメラが設置されていたらしい。ミトが勉強する村長の家の中、集会所、村長からミトの家までの帰り道。さらにはミトの家に向けられた監視カメラも木に隠されていたのを動物たちが発見して教えてくれた。

村長は自分たちこそが監視していると思っているのかもしれないが、逆にミトの方が動物というスパイを送り込んでいるのだ。

村長の家で飼っている猫と犬もミトの協力者である。

昼寝をしているふりをしつつこっそり聞き耳を立てて、それをスズメに教え、後でミトに伝えるのだ。

猫などは散歩を名目に、わざわざミトの家まで教えに来てくれる。

今では村長宅だけではなく、村人たちの知られたくない弱みを収集するようになっていた。

情報とは力なり。いつかこれらの情報が役立つ日が来ると信じて、コツコツとミト特製のマル秘メモの内容は日々増えていた。

二階にあるミトの部屋から一階にあるリビングに顔を出せば、すでに両親は起きてきていた。

志乃が朝食の準備をしていたので、ミトも隣に立って手伝いを始める。

「お母さん、今日は夕方から雨が降るみたいよ」

「あら、大変。あなた、洗濯物を取り込んでちょうだい」

「よし、分かった」

ちょうどテレビで天気予報を見ていた父の昌宏は、晴れると言っているキャスターの言葉よりもミトの言葉を信じて洗濯物を取り込みに庭へと出ていく。

最初こそ半信半疑だった両親も、何度となく天気を言い当てるミトの言葉を優先させるようになっていた。

実際にはミトが予報しているのではなく、動物たちの野生の勘を伝えているだけなのだが。

朝食ができあがって食事を始めるミトと両親。

なんとなく食が進まないのは、ミトの心を占める波琉の存在のせいだろう。今思い出しても顔が赤くなってきそうだ。

いつもは波琉に会えるので眠るのが楽しみで仕方なかったのに、夜になるのが憂鬱になったのは初めてかもしれない。

思わずため息をつくミトに、両親も不思議そうにする。

「どうしたの、ミト？」

「恋わずらいか？　あははは っ」

「うん」

昌宏としては冗談で言ったのだろう。なのにまさかの肯定で、朝から機嫌よく笑っていた昌宏はぎょっとした顔をしてからテーブルを叩いた。

「ぬぁんだってぇ！　どこのどいつだ！　まさか義雄《よしお》さんとこのどら息子じゃないよな？　あいつはやめておきなさい！　ミトにはもっといい男がきっと――」

興奮する昌宏を、隣に座る志乃が丸めた雑誌でべしりとぶん殴る。

「はう！」

「あなた、落ち着いて」

「志乃、これが落ち着いていられるかい？　重大事件だ！　このままではミトが嫁に行ってしまう。そんなの許さん。どこのどいつか知らんが半殺しは覚悟しろ！」

「いや、行かないから安心して、お父さん」

というか、行けない。なにせミトには戸籍がないのだから、当然結婚など不可能だ。

「だが、恋わずらいって……」

「夢の中の人にね」

「夢？」

思ってもいない相手に、昌宏はすっとんきょうな声を出す。

「そう。ゆ、め。だから嫁になんて行けないから」

むしろ行けるものなら行きたいぐらいだ。しかし、この言葉は昌宏が大騒ぎしそうなので、心の中で考えるだけにしておく。

「そ、そうか、そうか。てっきりお父さんは村の誰かにいい奴がいるのかと思ったよ」

「そんなわけないじゃない。村の男の子たちなんて、お願いされてもごめんだわ」

特に昌宏が名前を挙げた義雄という村人のどら息子は、ミトをいじめる筆頭格だ。奴に石の入った泥だんごを投げられて怪我をしたことはまだ忘れていない。どこをどう転んでも恋などするわけがないではないか。

「それなら問題ない。好きなだけ恋わずらいしなさい。わははははっ！」

夢と聞いて機嫌を取り直したようで、昌宏はニコニコ顔で食事を再開した。

敵ばかりのこの村において、ただふたりだけの味方である両親に愛されていると実感する瞬間だが、親馬鹿すぎるのは玉に瑕《きず》だ。

「どんな人なの？」

夢だと馬鹿にしない両親の優しさが身にしみる。

「波琉って言うの」

「イケメン？」

聞くのはそこなのかと母にあきれつつ、ミトはこくりと頷く。

波琉の話を両親にするのはこれが初めてだ。

「ずっと小さな頃から不思議な夢を見るの。今言った波琉が出てくる夢でね、彼と私の間には見えない壁があって、話をすることはできないんだけど……」

ミトは拳を握って力説する。

「めっちゃくちゃイケメンなの！　格好いいって騒がれてるお向かいさん家の長男がミジンコに見えるぐらい。いや、比べるのもおこがましい。そこらの雑誌のモデルより綺麗な顔してるのよ」

「あら、お母さんも見てみたいわね」

「見せられるものなら見せたいよ。絶対お母さんも恋しちゃうから」

冗談交じりでそう言えば、冗談の通じていない昌宏が対抗心を燃やしだした。

「待ちなさい、ミト。それは聞き捨てならん。志乃が恋するのは今も未来も俺だけだ！　そんな顔だけの男に負けてたまるか」

「ただの冗談でしょ。私にはあなただけよ」

「志乃ぉぉ」

昌宏は感激に身を震わせていたが、志乃はさっさと昌宏を放置してお茶を飲んでいる。

さすが扱いをよく知っているなと、感心するミトだ。

「ミトも、男は顔じゃないんだぞ～」

「はいはい」

適当に返事をするが、波琉を実際目にしたらそんな言葉は言えなくなるはずだ。多少性格が悪くても許せるほど人外の美しさを持っているのだから。

そもそも波琉はそんなに性格は悪くないはずだと、直接話したこともないのにミトは信じて疑っていなかった。

「はぁ、現実に波琉がいたらいいのに」

「夢の中じゃあ仕方ないわね」

「うん、まったくだよ……」

しかし、現実はそう甘くないのである。だいたい、現実にいたとしたら、きっとすさまじい波琉の争奪戦が繰り広げられるだろう。ミトなど見向きもされないに違いない。

そう考えると、やはり波琉は夢の人のままがいいのだろう。

朝食を終えると、それぞれが出かけるべく準備を始める。

「行ってくるよ」

「行ってらっしゃい、あなた」

「気をつけてね、お父さん」

昌宏は作業着に着替えて、志乃が作った愛妻弁当を嬉しそうに受け取ってから先に家を出ていった。

ミトもお弁当の入った巾着を鞄《かばん》に入れて、志乃とともに家を出る。ミトのアザがある左手には包帯がグルグルと巻かれていた。

ここの村の人たちは、異常なほどにミトの手の甲に浮かんでいる赤いアザに敏感だから、下手に周りを刺激しないための措置である。

「忘れ物はないわね、ミト？」

「うん、大丈夫。鍵かけた？」

「ええ、確認もしたわ」

この辺りの人は玄関に鍵をかけていない家がほとんどだ。鍵どころか、窓を開けっ放しなんて状態も珍しくない。

なにせ村は辺鄙なところゆえに外から人は来ず、村人全員が親戚で顔見知りなのだから警戒心がまったくないのだ。

しかし、ミトの家は必ず鍵をかけるようにしている。

それはつまり、村の人たちを信用していないということを意味していた。

勝手に家に入られないように用心しているのだ。最近では朝の挨拶に来たスズメや他の動物たちに頼んで、なにか不審な行動をする村人がいないか家の監視もしてもらっている。

　今のところ不審人物は現れていないが、ちょくちょく嫌がらせをしてくる馬鹿な子供は少なくない。石を投げて家の窓ガラスを割ったり、外壁にペンキで落書きをしたり、言いだしたらきりがないほどの嫌がらせを散々されてきた。

　子供といっても小さな子だけでなく、ものの分別がつくようなミトと同世代の十代後半の高校生や大学生までと幅広い。

　大人が含まれていないのは、この村はほとんど共働きで昼間にそんな嫌がらせをしている暇がないからだろう。

　けれど、その原因は大人たちの態度にあるので、手を出していないから大人たちは関係ないなどとミトは思わない。

　そもそも大人たちは、そんな悪さをした子供を叱らないのだから同罪である。怒られないので子供はしていいものと勘違いし、また犯行に及ぶのだ。

　両親も村人をすでに敵に回しているようなものなので、文句を言いに行くこともできない。

　自分の存在が両親に迷惑をかけているのがどうしようもなく申し訳なくて、悲しくなってくる。

それでもミトは両親に謝ったりはしない。そんな言葉は、ミトのために必死で我慢している両親を逆に困らせるだけだと分かっているから。

志乃とともに村長の家へ向かうミト。

（せめて家でネットが使えたらいいんだけどなぁ。さすがにネットは村長が許さないか。外と連絡を取られたら厄介だものね。でも、常に見られてるのも精神がゴリゴリ削られていくみたいで嫌なんだよねぇ）

教科書の入った鞄が重く感じるのはいつものこと。監視されていると分かっていて村長宅へと歩くミトの心は複雑である。

けれど、学校へ行けないミトは村長の家へ行かなければ勉強も村の外の状況も知る術がない。

両親は監視という名の付き添いがあれば村の外にも出られるが、ミトが村から出たことはないのだ。ミトと外をつなぐのは、村長の家で行う通信教育のみ。第一それすらも監視付きだから、下手な行動はできない。

たとえば、龍花の町や国へ連絡を取ったりするなど、これまで考えなかったわけではない。

自由にならない今の生活はまるで囚人のようで、自分が花印を持っていると外の人に知らせられたなら、両親とともに村を出て龍花の町に移り住めるのではないか。

そのためには波琉ではない見ず知らずの龍神の伴侶とならなければならないが、両親を助けるためと思えば、今よりはずっと気が楽な生活を送れるはず。

そう思い、こっそりと龍花の町を検索したことがあった。しかし、履歴から村長の奥さんに知られてしまい、パソコンを取り上げられてしまったのである。

その時は、二度と龍花の町を調べないからと頭を下げて再びパソコンを使わせてもらえたが、きっと次はない。

それまではネットニュースのチェックや検索などもさせてもらえていたが、その騒ぎがあって以降は勉強以外で使うことを許されなくなってしまった。

故に、ミトの情報源はテレビや、志乃が時折買ってきてくれる雑誌のみである。

不満がないわけではないが、両親のためにも慎重に動かなければならないと、ミトは自分に言い聞かせる。

自分の軽はずみな行動が、ひいては両親の不利益につながるのだから。

「お邪魔します」

鍵のかかっていない村長宅の玄関を、志乃が遠慮なく開けて中に入っていく。毎日のことなのでミトも慣れたものだ。

「おはようございます」

「おはようございます！」

志乃とミトに気がつくや、不快感をあらわにした目で見てくる村長の奥さんと村の主婦たち。

こんな嫌悪を含んだ眼差しを受けるたびに臆する気持ちが心に噴き出してくる。しかし心のうちを表情に出すことはなく、ミトはにっこりと笑顔で挨拶をした。

ここで刃向かうのは簡単だが、ただでさえ低い好感度を自分から下げるような愚行は冒せない。

無意味と分かりつつも愛想を振りまく。

あまり効果が見られないのが残念だ。それだけミトが嫌われているということなのだろうが、他人の顔色をうかがうのも非常に疲れるのである。

こういう時に必ずミトが思い浮かべるのは、波琉の姿。

ミトにとって、波琉は闇の中で見つけた光のような存在だ。彼の穏やかな笑顔が、ささくれだったミトの心を落ち着かせてくれる。

（ああ、会いたいな……）

まだ朝だというのに、夜に見る夢を待ち遠しく感じてしまう。

両親以外に嫌われているという事実はミトにとって大きなストレスとなっている。

嫌悪、罵声、嘲笑が向けられる状況下で、夢の中でしか会えない波琉の笑顔にどれだけ癒やされているか、きっと波琉は知らないだろう。

どうして波琉は現実にいないのかと、何度悔しく思ったかしれない。

「ほら、邪魔だよ。勉強ならあっちでやりな」

見るからに気の強そうな村長の奥さんが、作業台の近くにあるテーブルにミトを押しやる。

「はい、すみません」

「まったく、愚図なんだから。誰に似たのかしらね」

「あら、仕方ないわよ。忌み子だもの」

「そりゃそうだ」

ミトの悪口を肴《さかな》にして仕事を始める主婦たちにわずかな苛立《いらだ》ちを感じながらも、心配そうに様子をうかがう志乃の顔を見てしまえば、ミトは大丈夫と告げるように笑うしかなかった。この程度の嫌みは、今に始まったものではないのだから。

ミトは作業の邪魔にならないようにヘッドホンをつけてからパソコンを開く。

本当なら高校に行っている年齢のミト。当然村の外に出るなんて村長たちが許すはずがなく、通信教育に頼るしかない。

今の時代はネットという便利なものがあるので助かる。もしもミトが生まれたのがもっと昔だったら外の環境も常識もなにも知らず、まさに村の中に監禁状態であっただろう。

今は軟禁というところだろうか。決していい状況とは言えないが、なんとか通信教育のおかげで一般常識は身についていると思っている。

講義の配信を見ながら、ミトは作業中の志乃をチラリと見る。

もともとミトが生まれるまでは普通に村の一員として生きてきた両親である。

当然仲のいい友人もいただろう。ミトが生まれたことで忌み子の親となってしまったが、ミトに比べれば村人の態度は柔らかだ。

あくまでミトと比べればだが、ミトに気づかせないようにして裏では苦しんでいるのをミトは知っている。

とはいえ、普段は一緒に作業している主婦と、時折笑顔で世間話などもしている。

そんな姿を見てほっとすると同時に、羨ましいという気持ちが湧き上がってくるのを止められなかった。

忌み子として生まれてしまったミトに、友人などできるはずがない。両親以外で優しくしてくれる村人などひとりもいないのだから。

まるで洗脳だな、とミトは時々思う。

昔なにがあったのかは知らないが、百年経ってもなお、村人に忌むべき存在だと思わせ続けている花の印。

そう考えると、村の人たちもなんて憐《あわ》れなのだろうか。百年前から続く、自分たちですら意味の分かっていないものに囚われている。

ミトからしたら迷惑この上ない。せめて忌み子と断言する理由を述べろと、村長の胸ぐらを掴んで文句を言いたいところだ。

実際にそんなことをすれば、さらに村でのミトの立場が悪くなるだけなので口にはしないけれど。

なにもできないからこそ、鬱々としたものが溜まっていくのは許してほしい。

午前中の勉強を終えたら、昼食の時間だ。

志乃は主婦たちと一緒に食べるので、志乃が作ったお弁当をひとりで食べるのが日課となっている。

ひとりといっても目の届く範囲に志乃たちはいる上、ミトが操作しているパソコンの画面を村長の奥さんがちょくちょくチェックしにやってくるので、むしろひとりにしてくれと言いたくなる。

「ふんっ」

ミトがただのDVDを見ていたのを確認すると、鼻を鳴らして去っていった。

本当になにがしたいのか分からない。きっとミトのやることなすことすべてが気に食わないのだろう。

そして村長の奥さんは笑顔で会話している志乃のところへ行き、ちくりとひと言。

「うるさいわね。忌み子を産んだ欠陥品の母親のくせに、よくそんなに楽しめるわね」

とたんに空気が凍りつくのが分かる。

「す、みません……」

なにが気に障るのか、こうして村長の奥さんは志乃が他の奥さん連中と仲がよさそうにしていると水を差すようなことを口にするのだ。

いったい志乃がなにをしたというのか。ミトは怒りをこらえるのに必死だった。

すると、早々に昼食を終えた志乃が近付いてきたのでヘッドホンを外す。

「今日も美味しかったよ、お母さん」

空っぽになった弁当箱を見せると、志乃は嬉しそうに微笑む。

「そう、よかったわ」

まるでちゃんと食べたかを確認しに来ているように見える志乃の行動。

それもそのはず。以前、ミトは周囲からの圧に耐えられず、食が細くなった時期があったのだ。

お腹が減らない。心配する両親の手前無理やり口に入れるが、どうしても飲み込めない。飲み込んでもすぐに吐いてしまう。

今でこそ割り切れるようになったが、まださほど精神的に大人になれなかった当時のミトはかなり苦しんだ。

そして、同じぐらい両親を悲しませただろう。

それが分かっていたからこそ、さらに罪悪感を覚え、精神的に自分を追い詰めてしまうという負の連鎖。

そこでもやはりミトを救ったのは波琉だった。

――夢の中で波琉が花を摘み取って文字を作ったのだ。

それはとても短い言葉だった。

【ミトの心を教えて】

波琉はミトの異変に気づいたのだろうか。そのたった数文字でミトの涙腺は決壊した。

両親に心配をかけたくないからこそ溜め込んでいた苦しい思いを、壁の向こうの波琉に向かって訴え続けた。

『どうして忌み子って呼ぶの？』

『どうしてそんな目で見るの？』

『どうして、私を仲間はずれにするの？』

そんな胸のうちを、泣きながら叫んだ。

読唇術ができても、波琉にすべては伝わっていないと分かっていた。

だとしても、一度あふれ出した言葉は止まることなく口から次々と押し出されていく。

波琉はミトの村での立場など知るよしもない。ミトがなにに泣いているのかも分からないはずだろうに、泣き続ける間そばにいてくれた。

そして、散々泣き喚いてミトが落ち着いた頃、波琉は最後にこう文字を作ったのだ。

【僕はミトの味方】

そうして優しく慈愛に満ちた微笑みを向ける波琉に心が軽くなるのを感じた。

自分には波琉がいてくれる。ただそれだけのことなのに、ミトは強力な盾を手に入れたかのような気持ちになった。

以降は現実の世界でも、少しずつだが精神的に落ち着いていった――。

けれど、母親としてはまだ心配なのだろう。ミトが食べたのを確認するのは、志乃の習慣のようになっていた。


午後の勉強を早めに終えたミトは持ってきていた雑誌を読んでいた。

肩を叩かれ、振り向くと志乃がいる。どうやら志乃が近付くのにも気づかないほど集中していたようだ。

「ミト、あなたそろそろ帰った方がいいんじゃない？」

「えっ？」

はっとして時計に目を向けると、夕方になっていた。

（まずい。今日は真由子が早く帰ってくる日だ）

「私、先に帰ってるね」

「ええ、雨が降ってるみたいだから気をつけてね。結構降ってるから、たぶん昌宏も仕事を中止して帰ってる頃だと思うけど」

「うん、分かった」

志乃はミトが真由子を苦手としているのを知っていたので、時間を知らせてくれたのだろう。

できればもう少し早く教えてほしかったが、動画に集中しすぎたミトが悪い。慌てて鞄に荷物を詰めて、足早に村長宅を後にする。

やはりスズメの言っていたように雨が降っている。念のために折りたたみ傘を鞄に入れていたのは正解だった。

「しくじったぁ～。いつもは注意してたのに」

雨に濡れる舗装されていない道は走りづらかったが、かまわずに駆け足で家に向かった。

あともう少しで家に着くので、速度を緩めて息を整える。

そんな油断しているところに、背後から高い女性の声が聞こえてきた。

「やだぁ、忌み子がこんなところにいる〜。最悪だわ」

（……最悪なのはこっちです）

そう心の中でつぶやき、聞こえなかったことにして家を目指す。すると……。

「ちょっと、なに無視してるのよ！」

忌み子の分際で！と、まるで当たり屋のように絡んできた。

しかもどうやら真由子だけではなく、いつも真由子をよいしょする取り巻き三人娘もいたようだ。

ミトは行く手を阻まれ、あっという間に囲まれてしまった。

「なにか用ですか？」

視線を合わせるとさらに因縁をつけてくるので俯《うつむ》きながら問いかけると、あろうことか真由子に髪の毛の根元近くを掴まれ引っ張られる。

傘が地面に落ちるとともにブチブチと髪の毛が数本抜けた音がしてミトは痛みに顔を歪《ゆが》めたが、決して抵抗はしなかった。

「やめてください」

そんな言葉だけでやめてくれるような性格だったら、ミトはここまで真由子を苦手としてはいないだろう。

真由子はむしろミトが痛がっているのを楽しむように笑った。

「あははは っ、忌み子がなんか言ってるわね」

「聞こえなーい」

「無様よねぇ」

「もう一度言ってみなさいよ」

取り巻き三人娘まで調子づき、ミトを嘲笑う。

「痛っ、痛い！」

弄ぶように髪を掴んで振り回され、ミトは痛みに呻《うめ》く。

「うるさいわね。これは教えてあげてるの。あんたに身のほどをね。私を無視したあんたが悪いんだから」

「くっ……」

悔しい……。本当なら抵抗して暴れてやりたいが、真由子は村長に告げ口をしてさらにミトにやり返してくるだろう。両親の立場も悪くなる。

村長は真由子に甘いので、たとえ真由子が悪い行いをしたうえでの正当防衛だとしても、ミトが悪いということになってしまうのだ。

理不尽でしかないが、この村では真由子が絶対なのである。

いや、真由子でなくともミトの立場は星奈の中で最も弱い。それを取り巻き三人娘も分かっているので、ミトを助けたりなんかしない。

ようやくミトの髪を離した真由子は、手についたミトの抜けた髪を見て不快そうに顔を歪める。

「やだ、忌み子の髪がついちゃったじゃない。気味が悪い。呪われたらどうするのよ」

呪いなんてない。大人たちだって不吉だとは言っても、呪われるなんて口にしているのを聞いたことはないのに、真由子はなにかとミトに対して呪われると騒ぐのだ。

「ほら、忌み子の髪よ」

そう言って抜けた髪を取り巻きに向けて投げると、三人娘は「きゃー」と騒ぎながら逃げる。

「やめてよ、真由子ったら。汚いじゃない」

「消毒しなきゃ」

不快な彼女たちの笑い声がミトの耳に嫌でも入ってくる。

悔しくて、抵抗できないのが情けなくて、涙をこらえるように歯噛みする。ぐっと握った手のひらに爪が食い込むが、痛みがミトに冷静さを保たせた。

どんどん強くなっていく雨がミトを濡らしていく。すると今度は背後から強く背を押され、とっさのことに踏ん張れず、雨で濡れた地面に倒れ込んでしまった。

ばしゃんと水しぶきが上がるとともに、ミトの体を泥が汚す。

「きったなーい」

「さすがにひどいんじゃないの、真由子」

ひどいなどと言ってはいるが、彼女たちの声は心配とは無縁の楽しげなものであった。

「忌み子なんだから、なにしたっていいのよ」

「そうよね、村の疫病神なんだから」

「早く消えちゃえばいいのに」

真由子たちは気が済んだのか、楽しそうにおしゃべりをしながら村長宅の方へと去っていった。

ミトは静かに起き上がると、落ちて泥だらけになった鞄と傘を拾って我が家へと向かった。

服は泥だらけ。膝は倒れた時に擦りむいたのか、ジンジンと痛い。けれどミトは奥歯を噛《か》みしめ、雨を滴らせながら家の中へ入った。

ようやく張り詰めていたものが解け、涙が頬を伝う。

「くっ……うっ……」

決して声をあげたりしない。それはミトの最後の意地なのだろう。

声を押し殺して泣いていると、家の中から昌宏が姿を見せた。

「おーい、誰か帰ったのか？　……ミト!?」

昌宏はひどく驚いていた。

当然だろう。服も鞄も泥だらけのひどい姿で泣いているのだから。

「ミト、どうしたんだ⁉」

聞かれてもミトは首を横に振るだけで答えなかった。

けれど、村に長く暮らす者として、なにより父として察するものがあったのだろう。

「真由子か？」

「……………」

「そうか」

無言は肯定だった。

「だいじょ、ぶだから」

嗚咽《おえつ》を我慢しながら、昌宏を安心させるべく無理やり笑おうとしたが、頬が引きつったような笑みになってしまいうまくいかなかった。

痛ましい姿が余計に昌宏の顔を暗くさせる。

昌宏はおもむろにミトを抱きしめた。

「お父さん。汚れちゃうよ」

「ごめん。ごめんな、ミト。俺たちのせいで」

「なんでお父さんが謝るの？　お父さんはなにもしてないじゃない。悪いのは……」

そう、悪いのは自分だ。花印などを持って生まれてきてしまったことこそが、すべての元凶なのだから。

昌宏はミトの言わんとしていることを察したように否定する。

「お前はなにも悪くない。悪いはずがないだろう！」

昌宏の悲痛な声が、ミトを悲しくさせる。

「こんな私が生まれてきちゃってごめんね……」

自分が生まれてきさえしなければ、ふたりは村人から厭われることもなく、幸せな家庭を作っていただろう。

小さな小さなミトの懺悔《ざんげ》の声は確かに昌宏の耳に届き、抱きしめる腕が強くなる。

「お前は俺たちの大事な娘だ！　誰がなんと言おうと、それは変わらない。二度とそんな言葉、口にするな！　ミトでも許さないからな」

昌宏の強い愛情が伝わってきて、ミトは小さく嗚咽しながら泣き続けた。

落ち着きを取り戻してお風呂に入って出てくると、リビングでは帰ってきていた志乃が夕食を作り始めており、昌宏は救急セットを準備していた。

「ミト、怪我をしていただろう？　消毒するからそこに座りなさい」

「うん……」

膝の擦り傷に吹きかけられた消毒液で痛みが走り、顔が歪む。

テキパキと治療を終えて絆創膏《ばんそうこう》を貼った昌宏は、なにも言わずにミトの頭をわしゃわしゃと撫でた。

志乃もミトがどういう状態で帰ってきたか昌宏から聞いているだろうに、怪我にも触れずいつも通りでいてくれた。

両親の優しさがなによりありがたかった。

その夜は、いつものように波琉の夢を見た。真由子のせいですっかり昨夜の告白を忘れていたミトは、様子のおかしな波琉に首をかしげて過ごした。

最後に波琉はミトに向かってゆっくりと口を開いた。

『むかえにいくよ』

そう言ったように見えたが、気のせいだろうか。

波琉の言葉が気にかかりながらも、目覚めてから告白したのを思い出して、二日連続でベッドの上で身悶えたのだった。

二章

そこは、龍神が住まう天界。

天帝により治められているその世界は天帝に創られた龍神の楽園でもある。龍神とひとくくりに言っても、龍神の中に格の優劣は存在し、四人の龍神を頂点として秩序が保たれていた。

四人の龍神はそれぞれ、『紫紺《しこん》の王』『白銀《はくぎん》の王』『漆黒《しっこく》の王』『金赤《きんあか》の王』と呼ばれている。

王のひとりである紫紺の王、波琉は仕事部屋にて他の龍神からの陳述書に目を通していた。

紫紺の王の波琉が司るのは天候。

正直、他の王と比べると要望が多く集まる。

やれ、日照りが続くだの、かと思えば雨が多すぎるだのと、文句が多いのなんの。

龍神といっても全能ではない。多少の雨の量など誤差のうち。すべて希望通りにするなど、波琉の力を持ってしても不可能なのだ。

だが、できるだけ要求に応えるべく、各地の天候を操作する。

しかし、天界のことばかり気にしてもいられない。人間界の様子を監視するのも波琉の役目なのだから。

とはいえ、人間界に深入りはしないのが龍神たちの決まりだ。時に手を加える場合もあるが、基本的にノータッチである。

例外となるのが、龍花の町と伴侶のこと。

時折人間界へと遊びに行く龍神が拠点とする龍花の町は、人間の国であって、龍神の意志が大きく反映された町だ。

その町に関しては、龍神たちも大いに手を出しまくる。

町を害する者がいれば、徹底的に報復をし、自分たちの住処を守るのだ。

そして、龍神の伴侶となり得る花印を持つ者も、町では人間でありながら神と同等の扱いとなっている。

龍神は花印を持つ伴侶を迎えに行くために龍花の町に降りると、人としての生涯を終えるまで町でともに暮らす。そして伴侶が死すると魂を連れて天界へ戻り、正式に伴侶とするのである。

龍花の町はそんな花印を持った人間と龍神とをつなぐ場所でもあった。

伴侶となる者が下界で生まれると、相手となる龍神に花のアザが浮かぶ。それを確認した龍神は、伴侶を迎えるべく龍花の町に向かうのだ。

けれど、花のアザが浮かんだからといって、すべての龍神が伴侶を迎えに行くとは限らない。

すでに天界で相手を見つけている者。脆弱《ぜいじゃく》な人間への興味が薄い者。理由はさまざまだが、人間の伴侶を必要としていない龍神も存在するのは確かだった。

そもそも龍神は興味のあるものへの執着心が大変強い生き物であるが、興味のないものにはとことん意識が薄い。

そんな龍神の中には、伴侶に執着してしまうのを嫌がる者もいるのだ。

そうした三者三様な龍神の中で波琉の意見は、正直どうでもいいという考えだった。

長い長い時を生きたが、これまで伴侶も恋人もいたことはない。

補佐の瑞貴《みずき》に『もっと生活に潤いを持ったらどうか』などと苦言を呈されてしまうほど、華がない生活を送っている。

波琉は瑞貴の言葉に『だったら仕事を持ってくるな』と返して話を終わらせたが、仕事はなんとかしようと思えばなんとかなるのだ。

実際に白銀の王は同じ龍神の恋人をとっかえひっかえして天界での生活を謳歌《おうか》しているし、金赤の王は百年ほど前に人間界から花印を持つ伴侶を得て、今も夫婦仲は良好だと聞く。

彼らとは反対に色恋の噂《うわさ》がまったく立たない波琉。紫紺の王という立場ゆえ、恋人になりたい立候補者はたくさん名乗りをあげてくるのだが、波琉の興味が向けられることはなかった。

「失礼いたします」

そう声をかけて部屋に入ってきたのは、瑞貴だ。

天候を司る波琉の側近にふさわしい水の性質を持つ龍神である。

例外なく見目麗しい四人の王と比べると、平凡と言われてしまう容姿だが、波琉と違って同じ龍神の妻を持つ愛妻家だった。

波琉に対してなにかと妻の素晴らしさをノロケてくる、ちょっと面倒くさい奴というのが波琉の評価だ。

「紫紺様、新しい書類です」

そうして遠慮なくバサバサと書類の束を机の上に置く瑞貴に、波琉はなんとも言えない顔をした。

「瑞貴、またこんなに持ってきたの？」

「どうせ暇なんですからいいでしょう」

「別に暇なわけじゃないんだけどな」

「逢い引《あび》きの相手がいるわけでもないでしょうに。ちょっとは相手をしてあげてはどうですか？　紫紺様とひと時でもともにしたいという美人がそこら中にいますよ」

口を開けばこれである。波琉はいつものことながらげんなりしてくる。

「特に興味はないかな」

瑞貴はやれやれというように肩すくめる。

「いっそ花印の方でも見つかるといいんですけどねぇ」

それもまた瑞貴の口癖だ。

「はいはい」

波琉はまたかというようにおざなりに返事をして、積まれた書類の一番上の紙を取ろうとした。

すると、「あああぁぁ!!」と、瑞貴が驚愕《きょうがく》した様子で絶叫した。

突然大きな声を出されて、波琉も思わずびくっと身を震わせる。

「急にどうしたの？　びっくりするじゃないか」

「そそそそそっ」

瑞貴は声が出てこないのか、なにかに驚きながら波琉に向かって必死で指をさす。

「人に向かって指をさすのはよくないよ？　いったいどうしたの？」

「手、手！　ご自身の左手の甲を見てください！」

「左手？」

怪訝《けげん》そうにしながら波琉は自分の左手の甲を見ると、そこにはいつの間にあったのか、朱色の花のアザが浮かんでいた。

「あー、なんか浮かんでるねぇ。いつからだろ。気づかなかったなぁ」

波琉の声にはまったく緊張感も驚きも感じられない。自分の手に浮かんだというのに、どこか他人事のようだ。

「いや、なんでそんな冷静なんですか！　花印でしょうに、もっと驚いてくださいよ！」

「むしろ瑞貴が騒ぎすぎでしょ」

「これが騒がずにいられますか！　花印ですよ、花印。あの、あの紫紺様の伴侶になり得る方が現れたんですよ！」

あの紫紺様とはどの紫紺様だ。

あまりいい意味でないことは波琉にも察せられた。

瑞貴は長く波琉の補佐をしているせいか、紫紺の王である波琉に対しても遠慮がない。まあ、波琉は彼のそこが気に入っているのだが。

「まっ、とりあえず仕事終わらせちゃおうか」

「えっ！　いやいや、仕事どころじゃないでしょう。もちろん龍花の町に降りられるんですよね？」

「うーん。どうしようかな」

興味がまったくないかと聞かれたらそうではない。自分のために選ばれた魂がどんな人間かと、多少の興味はある。

金赤の王が花印の伴侶を自慢するために連れてきた時も、自分にもそこまで執着できる子が現れるだろうかと考えたこともあった。

けれど、待てど暮らせどアザは浮かんでこなかったので、いつしかあきらめていた。

「どうしようかなじゃなくて、とっとと行ってきてください！　仕事は他の龍神たちでなんとかしておきますから！」

瑞貴は激しく興奮しながら波琉を龍花の町へ行かせようとする。

今まで仕事を減らせと言っても忙しいと聞き入れなかったのに、やろうと思えばできるのではないか。いや、それよりも……。

「どうして瑞貴が決めるの？　僕の意思はいずこに」

「そんなもんありゃあしませんよ。やっと紫紺様に春の訪れがやってきたというのに、このまま見過ごすなんてできません」

波琉にずけずけとものを言う瑞貴。そんなにも伴侶を与えたいのか。

「えー」

「えー、じゃありません。花印の方を気に入らなければ拒否もできるんですから、とりあえず会いに行ってみてください」

確かに、花印が浮かんでいようと、伴侶を迎え天界に連れてくるかは龍神の意思次第。嫌なら連れてこなければいいのだ。

だから波琉もようやく浮かび上がった花印の伴侶を見に行ってもいいかなと思って

はいるが、波琉以上に瑞貴の熱意が半端ない。

「どうして瑞貴はそんなに僕と誰かをくっつけたがるの？」

「あなたが龍神らしすぎる龍神だからですよ」

波琉はよく分からないようで首をかしげる。

瑞貴は視線を部屋にあった花瓶に活けられた花に目を移す。それは偶然にも波琉のアザと同じ椿の花だった。

瑞貴に釣られて波琉も椿に視線を向ける。

「あなたは花を見て美しいと思ったことはありますか？　誰かに対して愛おしいと思ったことは？　かわいらしい動物を目にして癒やされたことが一度でもありますか？」

「んー。ないね」

さほど考える時間もなく、波琉は答えた。

別に波琉が非情なわけではない。他の仲間の神に対しても優しく接する波琉は、四人の王の中でも人気が高い。

常に穏やかで、声を荒げたりもせず、癇癪《かんしゃく》を起こすわけでもなく、すべての者に等しく同じ態度。

逆を言えば、波琉が感情を露わにしているところを見たことがない。それは温厚なのではなく、ただ心が動かないのだ。

波琉に欠陥があるわけではない。むしろ誰よりも龍神らしい龍神だと瑞貴や他の龍神は思っていた。

「天帝がなにゆえ龍神に人間の伴侶を与えるかご存じのはずです」

「まあね」

「これはきっと天帝のお導きに違いありません。紫紺様の伴侶に選ばれた方は、きっと紫紺様をいい意味で変えてくださると私は信じています」

そう言う瑞貴は波琉を案じているのだ。

龍神はそもそも天帝の眷属《けんぞく》。

天帝により生み出された龍神は、もともと感情というものが存在しなかったという。

天帝より与えられた職務に忠実であることを求められた龍神には感情など必要ないからだ。

けれど、それを嘆いたのは龍神を生み出した天帝自身。

そして忠実ゆえに喜びも悲しみも怒りも感じない龍神のために与えたのが、感情豊かな人間の伴侶だった。

人間との関わりにより、龍神は今のように心を得ていったという。

なので、人間と交流できる龍花の町は、波琉のように感情の起伏が小さい者ほど必要な場所なのである。

「私は知ってほしいと思います。誰かを愛する気持ち。慈しむ心を。そう、妻を愛する私のように！」

「結局ノロケにつながるんじゃないか」

やれやれと、波琉はため息をついた。

「いいですから、とっとと行ってきなさい！」

そうして波琉は瑞貴に追い出されるようにして、天界から人間の世界にある龍花の町へと降りることになったのだった。


龍花の町に降り立つと、板張りのお堂のような場所が最初に目に入ってくる。

その建物は、言わば神殿のようなものだ。

天界から訪れるすべての龍神が必ず降り立つ、天界と人間界をつなぐ重要な建物である。

波琉を出迎えたのは、装束を着た神薙、日下部《くさかべ》蒼真《そうま》という少年と、日下部尚之《なおゆき》という白髪の老人だ。

同じ姓を持つというなら血縁者なのだろう。顔立ちもどことなく似ていた。

「このたびは、龍神の中で最も貴い紫紺の王にお目にかかれ恐悦至極に存じます。私は紫紺の王にお仕えさせていただきます、日下部蒼真と申します」

そう言って波琉に頭を下げる蒼真は十代中頃ぐらいの年齢だろうか。

後れ毛一本も許さぬほどきっちりとまとめられた黒い髪と、まるで挑むような鋭い眼差しをしていた。

神薙というのは只人より神の気配に敏感だ。それゆえ、龍神の神気に畏怖する者は少なくないというのに、蒼真は物怖じをいっさいせずに波琉の視線から目を逸《そ》らさなかった。

丁寧な物腰だが、おそらくかなり我が強いようだ。負けず嫌いとでもいうのだろうか。これが初対面だが、彼の口から発せられる敬語に違和感を覚えてしまった。

「あー、そういうのはいいよ。僕は堅苦しいのは好きじゃないから」

すると、蒼真はあっさりと態度を変える。

「あっ、じゃあ遠慮なく。いやぁ、めっちゃ肩凝るから助かるわぁ」

途端にだらけた雰囲気になった蒼真は、正座していた足を崩し、自分の肩をトントンと叩いて首をコキコキと左右に動かした。

次の瞬間、蒼真の脳天めがけてハリセンが振り下ろされた。

スパーンと小気味いい音がして、蒼真は頭を押さえる。

「なにすんだ、くそじじい！　喧嘩《けんか》なら買うぞ、ああん！」

蒼真を叩いたのは、横に座っていた尚之である。

蒼真はまるでヤンキーのように尚之にガンを飛ばした。

そうすると再びハリセンが飛んできたが、それをしっかり掴んで不敵な笑みを浮かべる。

「甘いわ、愚か者！」

尚之は、空いているもう片方の手に持った新たなハリセンで、蒼真の頭を横に薙ぎ払った。

スパーンという音に続いてゴンッと聞こえてきたのは、蒼真がそのまま床に倒れて頭を打ちつけたからである。

「〜〜っ」

蒼真が頭の痛みに悶え苦しんでいる間に、尚之が波琉の前に平身低頭で土下座する。

「私の馬鹿孫が失礼をばいたしました。こやつめは少々神薙としての自覚に欠けるところがございまして。本当ならこんな未熟者に貴きお方のお世話をさせるのは許されぬことなのですが、昨今は神薙も人手不足。できるだけ早く優秀な神薙を用意いたしますので、しばらくはこの阿呆《あほう》でお許しくださいませ」

「あー、別に気にしないから、彼のままでいいよ」

波琉の言葉通りにあっさりと態度を変えた蒼真がなんとなく気に入ったからでも

あった。

「なんと寛大なお方。こやつがまた無礼をいたしましたら、どうぞこれで躾《しつ》けてやってくださいませ」

そっと差し出された巨大ハリセン。

先ほどのものと合わせて三つもどこから出したのだろうかという疑問とともに、波琉は少し迷った末に受け取った。

「ではでは、まずは紫紺様のお屋敷へとご案内いたします」

波琉がハリセンを興味深そうに見ながら尚之の後に続いていけば、後ろから頭を押さえた蒼真も付き従った。

「人間界にはおもしろい武器があるねぇ」

「ハリセンでございます。厚紙でできており殺傷能力は低いですが、これがまた人の頭を叩くと気持ちいい音を出してくれるので、クセになりますよ。お気に召したなら、そこの馬鹿孫の頭で存分に試してくださいませ」

「おい、こら、くそじじい。なんで俺なんだ、じじいの頭を差し出せよ。しかもなんだ、クセになるって。そんな理由で俺はいつも叩かれてるのか？」

「なにを言う、馬鹿孫が。お前のは教育的指導だ。代々龍神に仕える誉れ高き日下部家の長男だと言うのに、神薙の試験を十回も落ちおって。あの時ほどご先祖様に申し訳なくなったことはないわっ！」

波琉には十回が多いのか少ないのか分からなかったが、尚之の雰囲気を察するに、かなり多いのだろう。

建物を出れば、自動車に乗せられた。

波琉は物珍しそうに車内のいろいろなところに触れて、感触を確かめる。外を見れば、空高い場所を飛行機が飛んでいる。

「人間界は天界から時折様子を見ていたけど、実際に目にするのとはまた違うね」

「紫紺様は人間界には来られたことがあるとは伝わっておりますが、幾年ぶりでございますか？」

尚之が微笑ましげに波琉を見ている。

「一度来ただけだけどね。当時の人間は、こんな車や空を飛ぶ乗り物を作る技術は持っていなかったな。牛が車を引いていたよ」

「ほう、牛車でございますか。それはまたずいぶんと昔なのですね」

「そうだね。君たち人間にとったら遠い昔なんだろう」

牛が車を引いていたとなると人間にとったら歴史書の中の話でしかないが、龍神にしたら少し前の話になってしまう。

龍神は神ゆえに寿命などない。なので時間の感覚がひどく鈍く、十年、百年、五百年の差など誤差のうちだった。

それだけ時間の感覚が人間とは違う龍神は、平気で龍花の町に百年ぐらいいたりする。

だからか、尚之としても波琉がどれくらい町にいるか気になったのだろう。

「ちなみに紫紺様は何年ほど滞在される予定でございますか?」

「うーん、そうだなぁ……」

正直、瑞貴にほぼ強制的に追い出されるようにして龍花の町に来たので、いつまでとは決めていなかった。

「とりあえず、僕の伴侶に会ってから考えようかな」

そう言うと、波琉は袖を少し上げて花のアザがある手の甲を尚之に見せた。

「なんと! 花の印が。これはおめでとうございます。では今回の来訪は伴侶を探しに来られたのですね?」

そもそもの来訪理由までは知らなかった尚之は、波琉の花印を目にして驚きとともに喜色を浮かべる。

おそらく龍花の町に波琉が訪れる旨を連絡した瑞貴も、早く波琉を追い出そうと焦るあまり詳細は話していなかったのだろう。

「うん、一応そうなるかな。僕の補佐が一度会ってこいってうるさくてね。まあ、僕も花印なんて浮かぶと思ってなかったから相手の子に興味はあるんだけど、会ってみて気に入らなければひとりで天界に戻るつもりだよ」

「ほうほうほう。なるほど、承知いたしました！　ただちに同じ印を持つ方を照会してみましょう。お手のアザを写真に撮らせていただいてもよろしいですかな？」

「いいよ」

尚之は隣に座っている蒼真を、さっさとしろと叱るように肘で突く。

「分かったからつつくな、くそじじい。では、失礼します」

蒼真は懐からスマホを取り出して波琉の手の甲を写真に収めると、同じ印を持つ者がいないか調べるように龍花の町の本部へとメールを送った。

「龍花の町に登録されている印と紫紺様の印を同じくする子がいないか調べさせておりますので、少しお待ちください」

不貞腐《ふてくさ》れたように話す蒼真に対し、にこやかに微笑みかける尚之が波琉に問う。

「ちなみに、印が浮かんだのはどれぐらい前でしょう？」

それは一番聞いておかねばならない重要なことだった。

なにせ龍神は時間的感覚が人間とはまったく違う。アザが浮かんだから龍花の町に行くかと腰を上げたら人間界では八十年経っていて、相手の伴侶はすでに亡くなっていた、なんて事象がたまにあるのである。

「そんなに経っていないよ。アザが浮かんだのに気づいたその日のうちに僕の補佐がここに来る旨を龍花の町に伝えたからね。受け入れが可能と連絡が来てすぐに追い立てられて、ここに来たから」

「そうでしたか。でしたらまだお相手も生まれたばかりでしょう。いわゆる紫《むらさき》の上《うえ》にするのも可能ということですな。ぐふふ」

「きめえぞ、じじい！」

今度は蒼真がハリセンで尚之の頭をスパーンと引っ叩いた。

波琉だけは意味が分からず首をかしげる。

「なにを言うか、馬鹿孫め。そこには男のロマンがぎっしりと詰まっておるのだ！」

「男のじゃなくてじじいのロマンだろ。全世界の人類に謝れ」

互いにハリセンを奪い合いながら喧嘩を始める日下部の祖父と孫を、波琉は興味深げに観察していたが、すぐに飽きて外を眺める。

以前に自分が来た時との町の様子の違いに、時の流れを大いに感じていた。

よくも悪くも天界は大きな変化が少ないので、こうも変わってしまった人間の世界がおもしろくはある。

けれど、それ以上の感情の揺れを波琉に与えてくれはしなかった。

もしも花印の伴侶の子に会ったら、この殺伐としたような興味のなさも変わってしまうのだろうか。

花印の伴侶を得た金赤の王は、目に入れても痛くないほどに伴侶を溺愛している。それまではどちらかというと波琉と同じくドライな性格だったのに。

その変わりように、そんなにも花印の伴侶とは魅力的な存在なのかと興味を抱いたが、欲しいと思って得られるものではない。すべては天帝の采配次第なのだ。

けれど、こうして花印を得た。自分も瑞貴のように無我夢中になれる存在ができるのだろうかと、波琉は少し楽しみだった。

「まあ、ちょっとした休暇と思えばいいか」

そんなつぶやきは、車内でいがみ合っている尚之と蒼真には聞こえなかったようだ。

龍神の頂点に立つ紫紺の王をほったらかしにしていて、神薙としてどうなのだろうか。

瑞貴がここにいたら叱りつけているだろうなと思いを馳《は》せながらも、町で暮らすにあたり自分の世話係がこのふたりならば問題なくやっていけそうだと波琉は判断した。

逆に紫紺の王だと仰々しくされる方が波琉はあまり好きではない。もちろん、紫紺の王の立場を有効活用する時はするのだが。

そうこうしていると、波琉が滞在する屋敷に着いた。

着いたといっても、まだ門の前である。尚之が通行書のようなものを警備員に見せると大きな門が開かれ、車はそのまま中に入って玄関までの道のりを走った。

玄関に横着けされた車から降りる。

純和風の建築は、波琉がずっと昔に龍花の町に来た時の記憶とほぼほぼ変わっていない。

細かい修繕はされているのだろうが、紫紺の王を迎えるのにふさわしい荘厳なたたずまいであった。

「さっ、紫紺様、こちらです」

尚之について屋敷の中へ入っていく。靴を脱いで玄関を上がれば、畳の感触が足に触れ、新しい畳の香りが鼻腔《びこう》をくすぐる。

波琉は私室となる部屋へと通された。

屋敷自体が波琉が龍花の町に降りた時に使うために用意された建物であるが、波琉はこの広大な敷地の中でほぼ同じ部屋しか使っていなかった。

今回通されたのは前回波琉が私室としてよく使っていた部屋だった。おそらく当時の情報が今に伝わっているのだろう。

尚之と蒼真はかしこまったように正座して、最敬礼の座礼にて波琉に挨拶する。

「改めまして、ようこそお越しくださいました。龍神の中で最も貴き紫紺の王よ」

「うん」

「龍花の町にて滞在される間は私めどもがご奉仕をさせていただきとうございます」

「許す」

かしこまった挨拶は、龍花の町に降りた時にする定番の口上のようなもの。

「ありがたき幸せ。しっかり務めさせていただきます」

尚之は蒼真とそろって深々と頭を下げる。

こうして、龍花の町での生活が始まった。


波琉が龍花の町に来てから三日、一週間、一カ月と経ったのだが、一向に波琉と同じアザを持つ子供は現れなかった。

「申し訳ございません！」

尚之は平身低頭で波琉に謝罪するが、別に尚之のせいではないと波琉もちゃんと分かっている。むやみやたらと理不尽に責めたりはしない。

「見つからないものは仕方がないさ。なにか理由があるのかもしれないし」

「花印を持つ子を生んだ親の中には、なんらかの理由で申告をしない者もたまにおるのでございます。ですが、ずっと隠し通せるものではございません。入学や就職などすれば嫌でも人の目に触れ、そこから情報が入ってきます。ですので、しばらくお待ちいただければと……」

尚之は内心冷や汗を抑えきれず波琉に奏上する。

龍神の中には気性が荒い者もいるので、龍神のご機嫌うかがいはある意味命がけだ。けれど、波琉は天界でも温厚で有名なほど気性が穏やかな部類である。ともすれば、十年、二十年は待たなくてはならないかもしれないと聞かされても、特に怒りは湧いてこなかった。

「ふーん。そういう事情なら、しょうがないね。いいよ、僕は気長に待つから」

それぐらい、龍神にとったらまばたきのような時間なのだから。

波琉の言葉に、尚之は心の底からほっとした表情になった。

「ありがとうございます」

尚之が礼をして部屋を出ていけば、静かなものだ。

この屋敷は神薙である尚之と蒼真以外に数名の使用人が在中するだけで、他に来訪者もいない。

天界にいた時の忙しさが嘘《うそ》のように、波琉は手持ち無沙汰にしていた。

町には龍神を楽しませるために、ありとあらゆる娯楽施設が作られているが、そこに行こうという気にもならなかった。

いっそ、一度天界に戻ろうか……。

そう思ったのは、この一カ月ほど何度となくあった。けれど、思うだけで行動に起こせずにいる。

今、波琉の頭の中を占めているのは、自分と同じ花印を持つまだ見ぬ誰かではなかった。

あれは龍花の町に降りた日の夜のことだった。

——眠りについたはずの波琉は、気づくと一面に咲き誇る花畑に立っていたのだ。

『ここは？』

現実というには幻想的で、夢というには現実的すぎた。花の香りも触れた花の感触も、実際のものと寸分違わない。

こんな夢を見たのは初めてだった。

龍神の頂点に立つ波琉は、時折現実のような夢を見たりもする。

これから起こるだろう未来を夢に見る予知夢。内容はリアルだが、波琉はそれが夢だと理解しているし、夢が自分の思う通りに動きはしない。

ところが、今回初めて見た夢は波琉が手を動かしたいと思えば動き、歩きたいと思えば歩きたい方向へ歩く。

自分の意志に沿った、あまりにもリアリティのある夢。自分がどこかの世界に迷い込んでしまったのではないかと錯覚するほどだった。

夢らしくないなと思いながら歩く先に、なにかが見えた。

『赤子？』

波琉が誘われるようにして向かっていくと、花畑の中に生まれてそう日は経っていない赤子が落ちていた。

いや、落ちていたというのは少しおかしいか。しかし、花畑の中にぽつんと寝ている赤子を見ていると、〝落ちている〟という言葉が正しい気がした。

赤子は泣いているようだったが、その声は波琉には聞こえてこない。

『こんなところにどうして……。いや、そもそもこれは夢なのか？』

波琉が考え込んでいる間も泣き続けている様子の赤子が気になり、近寄っていくと……。

ゴンッという音を立てて顔面がなにかにぶつかった。

『っつ！』

最も痛みを感じた鼻を押さえながらもう片方の手を前に出して探ると、そこには目に見えないが壁らしきものが存在していたのである。

まるで赤子と波琉を阻むようにあり、赤子のところへは行けない。

『ほんとにこの夢はなんなのかな？』

測りかねていると、次の瞬間、周りから花畑も赤子も消え、波琉は布団の中で目が覚めた。

信じられないように呆然《ぼうぜん》とする波琉はゆっくりと起き上がり、鼻に触れるが先ほどまで感じていた痛みはなくなっている。

『おかしな夢だったなぁ。久しぶりに龍花の町に来たせいかな……』

その日はまだ変な夢を見ただけだと思っていた波琉だったが、翌日にはまた同じ夢を見た。

どこまでも続く花畑と青い空。そして、泣いている赤子。

『ほんとにこれはどういうことだろう？』

不思議に思いつつ確認したところ、赤子と波琉を隔てる壁は花畑と同じでどこまでも続いているようだった。

しかも壁の強度はかなりありそうで、強めに叩いても蹴ってみてもただ波琉の方が痛くなるだけで壊れる気配はまったくない。

『神気で攻撃してみるか』

そう手を前に出したところで、タイミング悪く夢から覚めてしまった。

本当にあれは夢なのか現実なのか、判断ができない。いっそ天界に戻って他の龍神たちに聞いて回るべきか。

いや、そもそも龍神というものは寝なくても食べなくても生きていける。

睡眠はあくまで娯楽のひとつである。波琉もここに来て暇なので睡眠を取っているにすぎない。

人間は夜に眠るものなので、彼らの習慣に合わせているというのもある。

波琉がずっと起きていると、神薙である尚之が休もうとしないそうなのだ。

いつ波琉から呼び出しがあってもいいように、屋敷の中にある神薙専用の部屋で控えていると蒼真から教えられた。

蒼真は好きな時に好きなように休みを取っているそうなので波琉も気にしていないが、尚之は違う。

神薙としての熱意が大きく、波琉が寝ないといつまでも起きているから、高齢の尚之のためにもできれば夜は休んでくれと蒼真から頼まれた。

龍神と違って人間という生き物は弱いから気をつけてやらなければならないなと、波琉もその願いを受け入れたのだ。

そうして次の日も夜になると寝に入る波琉は、もはや見慣れた花畑の中にたたずむ。

波琉はあらかじめ決めていた。次に同じ夢を見たら、目が覚める前にとっとと神力で攻撃しようと。

赤子に影響が出ないように離れた場所の壁を壊すべく、波琉は神気を放出した。

衝撃波のような波琉の力は壁にぶつかり、大きな地響きと音を発する。

かなり力を込めた攻撃に、これならばさすがに壊れただろうと自信満々だった波琉は、変わらず行く手を阻む透明な壁にがっくりと肩を落としたのだった。

波琉がその不思議な夢を見るのは、ほんのひと時の間だけ。

半ばやけくそになっていた波琉は、同じ花印の伴侶のことなどとっくに頭の隅に追いやってしまい、いかにして壁を壊すかを日がな一日考えていたのだった。

どことなく不機嫌そうな波琉を、夢での出来事など知らない尚之は花印を持つ伴侶が見つからないからだと勝手に思い込み、全力で伴侶探しに力を入れていたが一向に見つけられずにいた――。


それから早いもので三年の月日が経った。

変わらず波琉の伴侶探しは難航していたが、波琉はもうすっかりそんなものを忘れ去っていた。

時折尚之が花印の子はまだ見つからないと定期報告に来た時、そういえばそのつもりで来たんだったなと思い出すだけで、次の日には忘れている。

今や波琉の興味を引いて仕方ないのは、夢に見る子供のことばかり。

夢の中の赤子が、どうやら女の子だったと最近になって分かってきた。

赤子の時は男女の区別がつかなかったが、濃い茶色の髪が伸びてくると、ようやく性別の判断ができるようになったのだ。

夢のくせに赤子は現実の世界と同じように時とともに成長していったのである。

まだよたよたとしたおぼつかない足取りで波琉に向かってくる幼女は、波琉を見上げてにぱっとかわいらしく笑う。思わず抱きあげたい衝動に駆られるが、この頃には波琉も壁を壊すのをあきらめていた。

なにせありとあらゆる手を尽くしたが、壁はひび割れすらしないのだから、さすがの紫紺の王でもどうしようもない。

壁を隔てて成長していく少女を見ているだけの状態に、なにやら寂しさを感じてしまう。

波琉は次第にこのわずかな時間を待ち遠しく感じるようになっていた。

少女も波琉のそばに来たいのか、見えない壁をドンドンと叩いては、無理だと悟ると涙をぽろぽろ流して泣きだしてしまう。

そんな姿を見て思わず少女を慰めに行こうとし、逆に波琉が壁に激突したなんてことは数え切れない。

なんと忌々しい壁なのだろうか。声すら通らない壁のせいで、少女と会話もできないのだ。

さらに数年経ち、少女ももうしっかりと立つようになっていた。

そして、相変わらず壁に挑戦を続ける少女を楽しげに見つめていると、ある日いつにない行動を起こした。

周囲に咲き乱れる花をブチブチと摘んでいき、手にした花を使って文字を作ったのだ。

少女が作ったのは【星奈ミト】という文字。それと自分を交互に指さす様子に、波琉は少女がなにを言わんとするのか理解した。

ようやく知れた少女の名前。

「ミト……」

待ち焦がれたように彼女の名前を口にすれば、言葉にできぬ歓喜が湧き上がった。

そして、お返しのように花を摘んで自分の名前を作れば、少女は首をかしげている。

「ちょっと難しかったかな」

無理もない。少女はまだ五歳ぐらいの子供なのだから。

代わりに【ハル】とカタカナで文字を作れば、少女は嬉しそうに連呼しているようだった。

けれど、壁のせいで少女が波琉の名前を呼んでいる声は聞こえない。

どんな声で己の名前を呼んでいるのだろうか。

聞きたいと欲望が湧いて出てくるが、憎き壁が邪魔をする。

せめて少女がなにを言っているか分かる術はないだろうか。

慣れないネットの使い方を蒼真から教えてもらい、読唇術というものを発見した。

これならば少女の言葉を理解できると喜んだ波琉は、早速蒼真に教材を準備させた。

蒼真はなにゆえそんなものに興味を持ったのか不思議そうにしていたが、深くは追及せず、言われるまま淡々と波琉の部屋に大量の教材を持ってきた。

まさか夢の中の少女の言葉が知りたいからとは思うまい。

こうして波琉は日中ひたすら読唇術の勉強をするのだった。

教材のＤＶＤを見ながら、自分はなにをこんなにも必死になって勉強しているのかと我に返る時もある。

けれど、少女と話したい、彼女をもっと知りたいという欲求が次から次に湧いてきて仕方ないのだ。

ものへの興味が極端に低い己が、ここまでなにかに執着したことがあっただろうか。

そんな波琉が怖れているのは、突然少女の夢を見なくなることだった。

日々成長していく少女が愛らしくも、彼女が波琉の大きな部分を占め始めていると認めるのが怖かった。だから必死に夢の中のことだと自分に言い聞かせていた。

あるいは花印の伴侶が見つかったら、この胸に渦巻く感情も伴侶へと向けられることになるのだろうか。波琉には分からなかった。

夢を見始めて十三年ほどの月日が経った頃、波琉はミトの様子がおかしいのに気がついた。どこか元気がないというか、無理やり笑っているように見える。

その日が特別というわけではなく、おかしい様子は何日も続き、けれどミトは波琉になにも言ってくれはしなかった。

悩みがあるなら教えてくれればいいのに。

知ったからとて波琉になにかできるわけでもないが、ミトに関して知らない問題があるのがなんとなく許せない。

これは独占欲というものなのだろうか。

言いだしてくれるのを待っていた波琉だったが、日に日に笑顔が少なくなっていくミトに、波琉の方が我慢できなくなってしまった。

【ミトの心を教えて】

花で綴《つづ》った文字は、波琉の心からの願いだった。

直後、くしゃりと顔を歪ませてミトは泣きだした。

壁の向こうで泣き叫んでいるのが分かったが、波琉には涙を拭ってやることもできない。それがとてももどかしい。

読唇術を多少身につけた波琉がミトの口を見て読み取れたのは、『いみこ』『ちがう』『なかまはずれ』の短い単語。

それだけではミトになにがあったのか理解してはあげられなかった。乱暴に涙を拭うミトの頭を撫でてやりたいのに、波琉の伸ばした手は壁に阻まれてしまう。

このあふれてくる言いようのない気持ちはなんだろうか……。

波琉は再び花を摘んで文字を作った。

【僕はミトの味方】

そんなありきたりな言葉しか伝えられない自分の力のなさを嘆いたのは初めてかもしれない。

ミトといると、波琉はいろいろな感情を知っていく。

それは不思議な感覚でありながらも、決して不快なものではなかった。

残念ながらその日のミトとの時間はそこで終わりを告げてしまった。

日中、ミトのことで頭がいっぱいで、早く夜にならないかとやきもきとした気持ちでいた波琉の部屋に、慌ただしく尚之が入ってくる。

「紫紺様ぁ！」

もっとミトの言葉を読み取れるようになるべく読唇術の勉強中だった波琉は、やれやれと仕方なく手を止めた。

「どうしたの？」

「紫紺様と証を同じくするお方が見つかりましてございます！」

「証？」

きょとんとする波琉に、尚之はどうして分からないんだと言いたげな表情。

「花印でございますぅ！」

すっかりさっぱり忘れていた波琉は、どうでもよさそうに「あー」と今思い出したというような気のない返事をした。

「どうしてもっと喜ばれないのですかぁ。やっと伴侶とお会いできるというのにぃ」

「うーん、だってなんかどうでもよくなってきたし」

そんなどこの誰とも分からない者より今はミトの方が大事だと、波琉は口に出さないまでも断言する。

今頃あの子はどうしているだろうか。また泣いてはいないだろうか。今、波琉の頭の中をいっぱいにしているのはそんなことばかり。

「そうおっしゃらずに、とりあえず会ってみてくださいませぇ」

「えー、今途中なんだけどなぁ。また今度でいいんじゃない？」

読唇術の教材であるDVDを観賞中の波琉は、やる気がなさそうだ。

「お会いしてくだされば、読唇術が得意な教師をお呼びいたしましょう」

「…………」

波琉が無言で尚之を見る。その目はなんでもっと早く連れてこなかったんだと訴えていたが、尚之はさっと視線を逸らした。

龍花の町は人の出入りが厳しく管理されている。

なので、教師を願おうにもそう簡単に外から連れてこられるものではない、龍花の町ならではの事情を波琉は承知していた。

読唇術などという特殊技能を持つ者は小さなこの町にいないと思い、独学で習得しようとしていたというのに……。

「読唇術ができる教師がいるの？　ここに？」

「神薙の試験のひとつでございますので、神薙ならば誰でもできます」

「聞いてないんだけど」

「聞かれておりませんので」

しれっと答える尚之に、波琉はじとっとした眼差しを向ける。

結構いい性格をしているようだ。蒼真が尚之を『くそじじい！』とよく怒鳴っている気持ちを、今の波琉なら心から共感できる気がした。

「会えばいいの？」

「はい！　もう先方はお待ちです」

嬉々《きき》とした顔で尚之は波琉の外套《がいとう》を彼の肩にかける。

波琉もしぶしぶ立ち上がった。

「どこ？」

「応接間にてお待ちです」

「どうして今まで見つからなかったの？」

「どうやら母親が外国の方で、花印についてよく知らなかったようです。花印は日本独自のものですからなぁ。仕方のないことですが、母親はただのアザだと思っており、女の子にアザがあるのはかわいそうだと常に絆創膏で隠していたのを、国外へ単身赴任していた日本人の夫が帰国して発覚したようです」

それはなんともお粗末すぎないかと、波琉はあきれる。

国外に単身赴任していたとしても、一度も帰ってこなかったわけではないだろうに。

「父親は勤めていた会社をクビになったそうで、家族とともに龍花の町に越してきたいと申しています」

「その父親、大丈夫なの？」

母親は知らなかったのだからどうしようもないが、十三年も気づかない父親は問題だろう。

しかもここに住みたいとは、暗に職の斡旋を希望しているということ。会社をクビになってすぐに娘が花印だと分かるなんて、都合がよすぎるのではないか。

「信用できるの？」

そう波琉が聞いてしまうのも無理なかった。

「確かにアザは確認してございます」

「ふーん」

波琉はあまり乗り気ではなく、同じ印を持つからといって伴侶にするつもりなどさらさらなかった。

けれど瑞貴からも一度は会うように言われているので、一応顔を合わせておく必要があるだろうと重い足を動かす。

果たしてミト以上に興味を抱けるだろうか。

いや、難しいだろうなと思っていた波琉は、上機嫌の尚之には悪いが、すでに断るつもり満々だった。

波琉が断れば波琉の庇護《ひご》を受けることはできないが、花印を持つ者として龍花の町では大事に扱われるだろう。それで満足してもらうしかない。

「こちらでございます」

尚之がすっとふすまを開き中へ入ると、畳に置かれた座布団に座る三人の男女がポカンとした表情で波琉を見上げていた。

龍神は人間に比べれば容姿が秀でているので彼らの反応は全然おかしくはない。龍神を初めて目にした者ならだいたいが似たような反応をするだろう。

しかし、自分の顔をじっくりと見られるのはあまり気分のいいものではなかった。

不機嫌そうにしかめられた波琉の眉に気がついた尚之が軽く咳払《せきばら》いをすると、三人の男女は我に返ったように波琉に頭を下げた。

「君が僕と同じ印を持つ子かな？」

「はい！」

両親を挟んで真ん中に座っていた、ミトと同じ年頃の少女が元気よく答える。

自然とミトと比べてしまうのはいたしかたない。波琉にとって、もっとも身近な少女はミトなのだから。

「見せて」

「はい！」

少女は波琉に見惚れながら嬉々として左手の甲を差し出した。

そこには確かに波琉のアザと似たアザがあった。そう、似たアザが。

途端に目を細める波琉から、強い神気があふれ出す。

それは神気を感じ取れる神薙である尚之だけでなく、只人である親子ですらも飲み込み、畏怖させた。

ガクガクと体を震わせる少女に、波琉は今まで尚之も聞いたことがない冷たい声を発した。

「ねぇ、馬鹿にしてるの？」

「あ、あ……」

「気づかないとでも思った？　そう思われているほど龍神は愚鈍だとでも？」

親子は怯えるばかりで答えない。

思わずひれ伏したくなるような威圧感の中、尚之が波琉の前で頭を下げる。

「紫紺様、いかがなされましたのか？　なにか至らぬところがございましたでしょうか」

神の気に慣れている尚之ですら身を震わせる神気を前にして、そう問いかけるのがやっとだった。

すると、波琉は怒りの矛先を尚之へと変えた。

「本気で言ってるの？　僕が怒ってる意味が分からない？　ねぇ、これが花印だと、神薙である君は言うのかい？」

すぐそばで感じる神の怒りは、尚之に〝死〟を連想させる。

「えっ……？」

尚之は、波琉の言葉にすぐ反応できなかった。

波琉は尚之の横を通り過ぎ少女の前に立つと、彼女の左腕を持ち上げた。

「や……嫌……」

怯える少女は両隣の両親に助けを求めるように視線を向けるが、神気の前の怖ろしさに身動きができない様子であった。

波琉は、少女のアザのある手の甲を何度か擦る。すると、アザが綺麗に消えてなくなったのだ。

波琉の行いを注視していた尚之は目をむく。

「なんと！　こ、これは……。これはどういうことだ！　神を謀ったのか⁉」

尚之は、少女の父親に向けて激しく問いただす。

そうすれば、父親はガタガタと体を震わせながら頭を畳に叩きつける勢いで頭を下げた。

「申し訳ございません！　申し訳ございません！　申し訳ございません！」

「そんな言葉だけでは分からん！　どういうことか説明せよ！」

ひたすらに謝る父親と、説明を求める尚之。

ふたりを冷めた眼差しで一瞥《いちべつ》すると、掴んでいた少女の手を投げ捨てるように離し、波琉は私室へと戻った。

しばらくして、尚之が申し訳なさそうに部屋に入ってくる。

「紫紺様、このたびは……」

「謝罪はいいよ。どうしてこうなったか教えて」

「は、はい！」

いつも通りの穏やかな波琉に戻っているようでほっとした顔をしつつ、尚之はたたずまいを直す。

「どうやら、一部で紫紺様の印の情報が漏れていたようです。それにより、紫紺様のアザの形を知った先ほどの父親が娘の手に刺青《いれずみ》を施して偽装しようと考えたと申しております。会社をクビになり借金をしていたようで、娘が紫紺様の伴侶となれば贅沢《ぜいたく》な暮らしができると浅はかな考えで行動したようです」

尚之の言う通り、本当に浅はかだ。神薙をだませたとして、神すらだませるとでも思ったのか。

「まさかそのまま帰して終わりってわけじゃないよね？」

神を謀ったのだから、ただ追い返して終わりとはいかせられない。

「彼らは警察に引き渡しました。我が国において、花印の偽称は人が決めた法で裁かれることになっておりますので、厳罰に処されますので、どうか矛を収めてはいただけないでしょうか……」

尚之は波琉の顔色をうかがいながら、深く土下座した。

「いいよ」

「えっ？」

返ってきたあまりに軽い口調の声に、尚之は一瞬呆《ほう》ける。

「僕もちょっと怒りすぎたかなって反省していたんだ。ちゃんと対処するというなら、彼らの処遇はそちらに任せるよ」

「あ、ありがとうございます！」

「けれど、僕の印の情報が漏れているなら、今後も似たような偽者が現れるんじゃないかな？　どうするの？」

懸念を口にする波琉だが怒りは浮かんでおらず、まるで他人事のように話す。

「そのことなのですが、紫紺様はどうしてあの一瞬でアザが偽物と見分けられたのですか？」

アザを持つ子供は、アザが本当に花印か厳しい調査がなされる。いくつもの調べに合格した者が、晴れて花印と認められるのだ。

「花印からは、わずかだけど神気が感じられるのは知ってるよね？」

「はい。神薙ならば全員承知しております。今回の娘のアザにも神気を感じられたからこそ花印と認められたのです。なぜ偽物のアザから神気が感じられたかは現在調査中ではありますが……」

「アザから発せられる神気は、証を持つ者と同じ性質をしているんだよ。部屋に入ってすぐに自分とは異なる性質の神気を感じたから、僕の花印の子とは違うって分かったけど、アザを見て神気は花印自体から発せられたものじゃなく後付けされたみたいな違和感を覚えたから、偽物だなって判断したんだ。まあ、神薙だとしても、人間にはそんな細かい違いを見分けるのは難しいかな?」

「そうでございますな。私たちには龍神様方の気は誰もが強く大きく、神気の違いまでは分かりません。ましてや後付けされたかどうかまでは……」

尚之も困ったように眉を下げる。

ゆゆしき事態だ。今回のような、同じアザを持っていると騙《かた》った偽者が現れないために、神の印は厳重に管理されているはずなのである。

なのに、よりによって最も貴い紫紺の王の印の情報が漏れてしまった。しかも、神気をまとわせるという小細工までしてだ。おそらくだが……。

「きっと今後も現れそうだねぇ」

尚之の心の声を代弁するかのように、波琉が言葉を発した。とはいえ、声色は尚之の思いとは真逆の呑気《のんき》なものだった。

「おそらくは。しかし、我々では見分けがつきませんので、片っ端から紫紺様にお会いしていただくしか方法がございません」

「うわぁ、面倒くさい」

波琉は嫌そうに顔を歪める。

「どうかお願いいたしますぅぅ」

尚之には頼むことしかできない。必要ならいくらでも頭を下げるだろう。そんなもので神の勘気から逃れられるのなら。

波琉は仕方なさそうに深いため息をつく。

「しょうがない。代わりに、読唇術を教えてくれる先生を頼んだよ」

「承知いたしました！　不肖この私めが教鞭《きょうべん》を執らせていただきます」

「えっ、君が先生？　すごく不安なんだけど」

「お任せください！」

自信満々でドンと胸を叩く尚之には悪いが、あまり信用していないよりましかと、波琉は再びため息をついた。

その日夢に見たミトはいつもの元気を取り戻していて、笑いかけてくるかわいらしい笑顔に波琉の心も穏やかになった。

【アリガトウ】

と作られた文字を見て、自分はミトの力になれたのだと知り嬉しく感じる。

にこりと微笑む彼女に、やはりミトには笑顔が似合うなと思いながら、波琉は無意識のうちに手を伸ばしていた。

しかし、手はミトに届く前に見えない壁にぶつかってしまう。

「つっ」

変なぶつけ方をして一瞬痛みが走ったが、おかげで波琉を我に返らせた。

ミトが心配そうに『大丈夫？』と口を動かしていたが、反応を返すどころではなかった。

「なにをやってるんだ、僕は……」

自嘲しながら、波琉は思ってしまったのだ。昼間やってきた少女と同じ年頃のミトを見て、花印を持っているのがミトならいいのに、と。

「そんなはずがないのに……」

ミトの手を見てみても、そこにはアザもなにもない。

だが、そこでふと気づく。

「そういえば僕のアザが消えてるな」

花印が浮かんでいるはずの手の甲には、あったはずのアザがなくなっていた。

これがなにを意味するのか、紫紺の王である波琉をもってしても分からない。

まあ、なくても困るものではないので問題ないかと波琉は気にはしなかった。

その後、波琉の心配は的中してしまい、次から次へと花印を騙った少女が現れた。

少女の年齢が皆年若いので保護者の責任は明白だが、中には親に内緒で自分の意思で名乗り出る者もいる始末。

欲深い人間は後を絶たないものだと、偽者がやってくるたびに波琉はため息が尽きない。

もしミトだったなら、偽物でも本物と言ってしまう自信があるのに。

そんなことありはしないと思いつつ、むしろ偽者として来たりしないかななどと波琉は妄想していた。

なんにしても、ここまで偽者が多いとは思わなかった。やはり紫紺の王の伴侶というブランド力は、人間にはとてつもない価値があるのだろう。

最初に訪れた親子のように花印に神気をまとわせてくる者もいれば、そんな方法すら知らずにアザだけ似せてくる愚か者もいた。

尚之などは、偽者と分かるたびに自らハリセンと頭を波琉に差し出して『けじめをつけさせてください！』と言ってくる。

別に波琉は尚之のせいとは思っていないのだが、神薙本部の不始末によって情報が漏れたのが原因なのは間違いない。

情報を漏らした者も現在調査中らしいが、龍花の町の中心にある神薙本部は神薙と龍神、そして一部の人間しか入れない警備の厳重な場所。

犯人を絞るのは簡単そうに思えて、捜査は難航しているらしい。

そんなところも尚之は申し訳なく感じているのだろう。

罰を執拗《しつよう》に望む尚之に、本人の気が収まるならと遠慮なくスパーンと叩くようにしているのだが、なにやら最近尚之の肌つやがよくなってきているのは気のせいだろうか。

後退していた頭部も、心なしか毛が生えて白髪が減ってきたような……。

神薙の間では、紫紺様にハリセンで叩かれると若返るという噂がまことしやかに囁《ささや》かれるようになったと蒼真が教えてくれた。

最近皺《しわ》が気になってきた者や頭部が寂しい年寄りの神薙を中心に、紫紺様に叩いていただけないだろうかと相談されようになって面倒くさいと、蒼真から苦言を呈される。

「なにしたんですか？　めっちゃうっとおしいんですけど」

咎めるような眼差しで問われても、返答に困る。波琉は普通に叩いているはずなのに、どうやら少し神気が漏れているようで、これはもうハリセンと波琉の相性がよかったとしか言えない。波琉も驚きの効果である。

尚之は味をしめたようで、ことあるごとにハリセンで叩かれるのを望むようになってしまった。

上目遣いで頬を染めて「どうぞ好きなだけ叩いてくださいませ」とハリセンを差し出す尚之に、神薙のチェンジは可能だろうかと本気で考えている。

じじいにそんな恋する乙女のような目で見られても嬉しくない。神薙の試験に十回落ちたという蒼真の方がましである。

そんな日々を過ごしていくにつれ、夢の中のミトからは幼さが抜け、大人っぽくなっていった。

まるで蕾《つぼみ》が花開くように綺麗になっていくミトに、波琉は言葉にできない想いが募る。

黒というよりは濃い茶色の長い髪は緩いクセがあり、大きな焦げ茶の瞳はくりくりとしていて、華奢《きゃしゃ》な肩は庇護欲をかき立てる。

彼女の笑顔は波琉を喜ばせると同時に、心を落ち着かなくさせる。

ミトに自分はどう見えているのだろうか。

少しは好意を持ってくれていると信じたい。

最近はそんなことばかりを考えるようになった自分に胸を痛めている。

手が届きそうで届かない距離がなんとももどかしい。

この邪魔な壁を越えていけたらどれだけ嬉しいだろうか。

そう感じるとともに、壁があってよかったとも思う。

もしミトに触れてしまったら、きっと想いが決壊したようにあふれてしまうだろうと、心のどこかで理解しているから。


ミトの夢を見始めてもう十六年の月日が経った。

波琉にとってはこれまで感じたことがないほど長く、それでいてあっという間に感じた十六年だった。

人間の成長は早い。ここらが潮時なのではないかと、波琉は思っていた。

これ以上ミトと一緒にいては、自分を止められなくなってしまう。

波琉は気づいていた。ミトが夢の中だけの住人ではなく、実際に存在する人間だと。

おそらく夢は天帝のなにかしらの気まぐれのようなものではないか。

このままでは、どこかにいるだろうミトを見つけ、無理やり自分のものにしようと動いてしまうことを恐れている。

彼女に心を寄せすぎるべきじゃない。そう頭の中で警戒音が鳴るが、どうしても自分から引けずにいた。

かといって、このままミトが老い、いなくなってしまうのも怖い。

遙か時を生きる波琉が初めて感じる感情だった。

人間界に来たことで見始めた夢。ならばきっと天界に戻れば見なくなるだろう。

そもそも睡眠を必要としない龍神なのだから、夜に眠りさえしなければ夢を見たりはしないのだ。

波琉があと一度、もう一度と、少しずつ会うのをやめる決心を固めていた時、それは突然に告げられた。

じっと見つめるミトが、焦げ茶色の瞳に熱を帯びながら波琉に向かって言ったのだ。

『好き』

最初はすぐに理解できなかった。

読唇術をかなり習得した波琉には、その短い言葉は間違いなく読み取れたのに、不覚にも頭が真っ白になってしまう。

「好きって……ミトが、僕を？」

ここにはミト以外に自分しかいないのだから、波琉に向けられた言葉に間違いない。

それが親愛という意味での好きではないことは、恥ずかしそうに後ろを向いたミトの様子を見ていれば分かる。

意味を理解すると次に波琉を襲ってきたのは、どうしようもない歓喜。

今きっと自分は真っ赤になっているだろう。自分の意志ではどうにもならない熱が顔に集まっていた。

躍り上がりそうになる心を抑えつけるのがやっとだった。こんな緩んだ口元をミトには見せられないと手で隠す。

そしてようやく振り返ったミトは、波琉の様子に顔を赤くしてなにかを叫んでいたのだった。

そこで目を覚ました波琉は布団から起き上がれずに、むしろ掛け布団を頭までかぶり、嬉しさと恥ずかしさに打ち震えた。

今の気持ちをなんと表現したらいいのだろうか。

いや、この想いの名を波琉は分かっている。ずっと気づいていないふりをしていたが、もう隠してはおけない。

愛おしい……。花印を持つ者ではなく、ミトが欲しい。

けれど、花印を持たない人間の魂を天界に連れてはいけない。

それは紫紺の王である波琉だとしても変えることのできない決まりである。

ならば、せめて龍花の町にいる間だけでも……。

波琉の権限をもってすれば、ミトを天界に連れてはいけなくとも龍花の町に住まわせるのは可能だ。

「ミトが先に告白してきたんだし、問題ないよね」

波琉は自分がちょっとばかり暴走しているのは百も承知だったが、止まることができなかった。

波琉は早速尚之と蒼真を呼び出した。

「お呼びのようですが、いかがいたしましたか？」

波琉がわざわざふたり同時に呼び出すのは過去になかったので、尚之も蒼真も少し身構えているようだった。

「うん、花印の伴侶なんだけどさ、もう来ても追い返してくれる？　たとえ本物でも」

「ええ！　なぜでございます!?」

「町に降りてから十六年、やってくるのは偽者ばっかりでしょう？　嫌気が差しちゃってね。もう花印の子に興味がなくなっちゃったんだ」

「そ、そんな！」

突然の告知に尚之はわたわたしていたが、蒼真の方は「だよなぁ」と納得した表情。

龍花の町に来た当初は頼りなさげだった蒼真も、この十六年でずいぶんとしっかりしてきた。

最初にあった、触れたら切れるようなとげとげしさも若干和らいだ気がする。

人間の成長とは早いものだとしみじみしてしまう。

「いや、しかし、ですが……」

尚之は言葉が続かず、いかにして波琉の考えを変えさせようかと策を巡らせているのがよく分かる表情だ。

動揺する尚之に代わり、蒼真が問いかける。

「では、紫紺様は天界に戻られるということでしょうか？」

「うーん、それなんだけどねぇ。こちらの要求を聞いてくれるなら、あと一度だけ花印候補の子に会ってもいいよ」

「ほんとでございますか！」

尚之がずいっと身を乗り出してくる。

「ほんとほんと。けど、僕のお願いを聞いてくれたらね」

「なんなりとおっしゃってください」

その言葉を波琉は待っていた。

「星奈ミトという十六歳前後の女の子を連れてきてほしい」

「ほしなみと？」

「女の子？」

聞き慣れない名前にきょとんとした顔で同じ方向に首をかしげるふたりは、さすが祖父と孫だけあって息ぴったりだ。

「うん、こんな字」

そう言って、波琉は紙に書いた【星奈ミト】という文字を見せる。

書かれた字を見てもピンとこなかったのか、尚之と蒼真は不思議そうにした。

それも当然。波琉は龍花の町に来てからの十六年、屋敷の敷地から一歩も外には出ていないのだから。

波琉と関わりがあったのは、神薙である尚之と蒼真、そして数人の使用人だけだ。

花印を持つ子が現れても大きな興味を見せなかった波琉が、自分から会いたいと言いだす人物とはどんな者か。

あいにくと、ふたりの記憶の中に該当する者はいなかった。

「失礼ですが、紫紺様。その娘はどういう方ですか？」

「そもそも紫紺様との接点は？」

「ミトは僕のとっても大切な子だよ。どこで出会ったかは教えてあげなーい。で、どうする？　連れてきてくれるの？」

尚之と蒼真は互いに視線を合わせると、こくりと頷いた。

「かしこまりました。娘を連れてくることで最後のチャンスをいただけるのであれば、連れてこぬわけにはいかないでしょう。では、どこに住んでおられるのですか？」

「さあって、名前以外にご存知の情報は？」

「さあ？」

「ないかな」

のんびりとした波琉の答えに、尚之と蒼真は絶句した。

「どこの誰とも知れぬ者を連れてこいと？」

「うん」

なんの悪意もなくにっこりと肯定する波琉に、尚之と蒼真はそろってこめかみを押さえる。

「名前とだいたいの年齢が分かれば、君たちなら探せるでしょう？」

「まあ、そうですな」

「できなくはないですけどね、戸籍を調べれば一発ですし」

蒼真の表情には、ありありと『面倒くせえ』という心の声が浮かんでいた。

「じゃあ、頼んだよ。ミトを連れてくるまで僕は花印の子とは会わないからね。花印の子に会うのは次が最後だから、慎重に選んだ方がいいよ」

「はいはい。そっちの方は神薙の本部がなんとかするでしょう。俺は戸籍に照会をかけてみます。くそじじいは神薙本部にこのことを話して、花印の調査をしてくれ」

「ちゃっかり簡単な方を取りおってからに。だがまあ、本部の狸《たぬき》どもを納得させるには、お前ではまだ力量不足か。それでは紫紺様、御前失礼いたします」

「うん。よろしく～」

ひらひらと手を振って部屋を出ていくふたりを見送った波琉。

しかし、一時間もしないうちに蒼真が戻ってきた。

「あれ、早いね。もうミトは見つかった？」

しかし、蒼真の表情はどことなく硬い。

「紫紺様の言っている子なんですけど、実在している人物ですか？」

「どういう意味？」

「戸籍を調べたのですが、十六歳前後で星奈ミトという者はいませんでした」

「えー、そんなはずないよ」

波琉がミトと会っていたのは夢の中だ。普通なら夢と現実を一緒にしたりはしない。

けれど、ミトは現実に存在している。決して夢の中の空想の存在ではないと波琉は確信していた。龍神の勘といったものかもしれないが、間違いなく生きた者の魂の力をミトから感じていたのだ。

なにかのきっかけで波長の合った自分とミトが夢を通してつながったのではないかというのが、波琉の見解である。そこには天帝の影があると感じていた。

「もっとよく探してみて。ミトは絶対にいるから」

絶対にだ。間違えるはずがない。確かな自信をもって、波琉はもう一度蒼真に頼んだ。

しかし、数日かけてどこをどう探しても〝星奈ミト〟という存在は見つけられなかったのである。

波琉の私室に、神薙本部が波琉の要求を呑《の》んだという報告に来ていた尚之。片膝を立てて機嫌悪く座っている波琉の前で、ふと尚之は思い出した。

「星奈と聞いて思い当たる話がひとつあるのですが……」

「なに？」

「百年ほど前、金赤様の勘気に触れ龍花の町を追放された一族の名前が、確か星奈という姓だったはずです」

「あー、俺も昔聞いたことがあるかも。禁句扱いになった一族の話」

波琉の探す娘が見つからないと、尚之とともにおそるおそる報告に訪れていた蒼真は、尚之の話になにかを思い出しながらしゃべる。

ミトと同じ星奈の名前。ミトの手がかりがない以上、波琉はその話にすがるしかない。

「追放された理由は？」

目を険しくした、いつにない表情を浮かべながら問う波琉に、尚之も困り顔で答える。

「先ほども蒼真が口にしましたが、星奈の一族は、龍花の町では禁句扱いなのです。金赤様の怒りに触れ、金赤様のご命令で星奈の一族は龍花の町への立ち入りを禁止されております」

「じゃあ、もしミトがその星奈の一族だったらここには連れてこられないの？」

「いえ、同じ位に立たれる紫紺様がお認めになるのでしたら問題ないかと。龍花の町の決まりでは、現在龍花の町にいらっしゃる龍神様の中で最も格の高いお方の命令が優先されますので。まあ、紫紺様がお探しの娘が本当に星奈の一族であればの話ですが」

波琉は一瞬考え込んでから、尚之に目を向ける。

「星奈の一族の居場所は分かるの？」

「ええ、少しお時間をいただければ調べることは可能でしょう」

「ならすぐに調べて、現地に行ってミトという子がいないか見てきて。もしもミトがいるなら龍花の町への立ち入りを許可するから連れてきて」

一刻も早くと急くような波琉の言葉に、尚之は神妙な顔で頷いた。

「かしこまりました。特定次第行って参ります。蒼真が」

「はっ、俺!?」

名指しされた蒼真はぎょっと目をむいた。

「当たり前だろう。私は花印の方の選定に忙しい。そもそもお前が役割を決めたんだから最後まで責任を持たんか」

尚之に面倒な本部とのやりとりを押しつけ、戸籍を調べればすぐに探せると思われた簡単な役割を取った蒼真の自業自得だった。

「代わるからじじいが行けよ」

「嫌だ。星奈の一族は山の奥に逃げたと伝わっている。そんなところに足腰の弱った老人を行かせようとするとは、なんたる爺《じじ》不幸者だ」

「確かに尚之の言う通りだね。本当は僕が行ってきた方が早いんだけど……」

「無駄足になるかもしれない場所に紫紺様を行かせるわけにはいきませぬ!」

尚之が目を吊《つ》り上げて、反対する。

そもそも龍神が龍花の町から出ることは滅多にないのだ。

「だそうだから、行ってくれるよね、蒼真?」

波琉はハリセンをペシペシと手で叩きながら笑顔ですごむ。

「ははは……まじか」

蒼真は頬を引きつらせ『是』と言うしか道は残されていなかった。

三章

真由子からの嫌がらせを受けた次の日、ミトは風邪を引いたことにして家でゴロゴロとしていた。

父親の昌宏は仕事に、母の志乃も同じく仕事のために村長の家へと行ってしまった。

だから家にはミトだけ。本当は風邪どころか、昨日あれだけ雨に濡れたというのにくしゃみひとつしておらず、随分と頑丈な体だと感心する。

けれど膝の傷はまだ痛むし、なんとなく朝からテンションは低い。

それもあって、昨日の真由子との諍《いさか》いに気を遣った両親が今日は休んだらいいと提案してくれたのだ。

気分が沈んだ今の状態で村長の家に行っても、周りからの嫌悪の視線に耐えられそうになかったミトはそれを受け入れた。

なので、存分にだらだらしていたら、まだ午前中にもかかわらず「ただいまー」と声が聞こえてきたのである。

「ん？　今のお母さん？　忘れ物でもあったのかな？」

仕事はどうしたのかと疑問に思いながら階下へ降りていくと、志乃がリビングのソファーでひと息ついていた。

その様子は忘れ物を取りに戻ったようにはとても見えない。

「お母さん、どうしたの？　仕事は？」

「それが、数日休みになっちゃったのよ。村長さんのお宅がとても作業をできる状態じゃなくてね」

「どういうこと？」

ミトが首をかしげていると、村長の家の猫が掃き出し窓のガラスをカリカリとかいているのに気づいた。

「クロじゃない」

黒猫だからクロ。ちなみに、同じく村長の家で飼われている白い犬の名前はシロである。安直ではあるが、覚えやすい。

ミトが窓を開けてやると、するりと中に入ってきた。

計ったようにスズメも入ってきて、部屋の中にあった観葉植物の枝に止まる。

なにか用事でもあるのだろうと、ミトは動物と話しているところを聞かれないように窓をしっかりと閉めてからカーテンで覆った。

「どうしたの、クロ？」

『仇《かたき》は討ってやったわよ、ミト』

「仇？」

ミトにはクロの言っている意味が理解できずに疑問符を浮かべる。

『昨日のことよ。真由子にいじめられたんでしょう？　狸の親父が現場を見てたんだ

のではない。

ミトはちょっと恥ずかしくなった。いじめを受けている姿など、見られて嬉しいものではない。

「あー、あれか。見られてたの？」

から隠しても駄目よ』

するとスズメが興奮したように翼をバサバサと動かした。

『あそこの馬鹿娘はほんとにどうしようもない！』

『狸の親父から話を聞いたそこのスズメが仲間に話したから、周辺の動物たちに噂が一気に拡散したのよ』

『あの子、本当にムカつくわね。私たちのミトになんて真似してくれたのかしら。膝の傷もあの子にやられたんでしょう？　ミトも黙ってないでやっつけちゃえばいいのに』

「そんなことしたらお父さんにもお母さんにも迷惑かけちゃうもん」

端から見たら「にゃんにゃん」「チュンチュン」と鳴いている猫とスズメに話しかける頭のおかしな子だが、そばにいた志乃は柔らかな笑みで静かに見守っていた。

『そう言うと思ったから、私たちで仕返ししておいたからね』

「仕返しって？」

クロが得意げにミトの足に体を擦りつけた。

『ふふん。まずは朝に私が真由子のベッドで粗相してやったわ』

「えっ、それは……。臭いが取れなさそうね」

とんでもない仕返しにミトの顔も引きつった。

『悲鳴がうるさかったわ』

「でしょうね」

ミトでも同じように叫ぶだろう。真由子の慌てっぷりが目に浮かぶようだ。

『でもって、シロが真由子のお気に入りの靴を噛みついてボロボロにしてたわ』

それは以前ミトに自慢してきた靴ではなかろうか。

誰でも知っているブランドのべらぼうにお高い靴だと、わざわざ聞いてもいない話までベラベラしゃべっていた覚えがある。

こんな辺鄙な村では、ブランド品を持っているだけで有名人のように羨望の眼差しで見られるのだ。

己の自尊心を満たしてくれる高価な靴を、真由子はとても大切にしていたと聞く。

そんな靴をボロボロにされたら、ミトならショックでしばらく立ち直れないかもしれない。

『それだけじゃ気がすまないから、今日はスズメと休戦協定を結ぶことにしたの』

猫と鳥。普段なら狩る側と狩られる側である。珍しい組み合わせだと思っていたが、ミトのために手を組んでいたのか。

『猫が開けた玄関から、仲間たちを連れて家の中に突撃したのよ～』

チュンチュンと枝の上で軽快にジャンプするスズメはなんとも楽しげだ。

村長の家の玄関は昔ながらの日本家屋にある引き戸なので猫でも開けられたのだろう。

空き巣とは無縁ののどかな村では、そもそも風通しをよくするため少し玄関を開けている家もあるぐらいだ。

『ついでに烏《からす》と猿たちにも協力要請したら、喜んで参戦してくれたわ』

チュチュチュチュと、まるで笑うように鳴いた。

「つまり、スズメと烏と猿たちで、村長の家の中をめちゃくちゃにしちゃったわけ？」

『そうよ～』

『楽しかったわね。二次会する？』

『するする～』

そんな、ほろ酔いのサラリーマンのようなノリで言うことではない。

助けを求めるようにミトは志乃を見た。

「お母さ～ん」

「どうしたの？　クロとスズメさんはなんだって？」

「昨日私が真由子にいじめられた仕返しを、動物たちが代わりにしてくれたみたい」

「あら、そうだったの。村長さんの家の中、嵐が過ぎ去ったみたいなひどい有様だったわよ。あれは片付けるの大変でしょうね。動物のフンもあちこちに散らばっていて悲惨だったから、しばらく臭いわね」

志乃はニコニコとしていて、どことなく楽しそうである。

「ミト、動物さんたちにグッジョブって言っておいてくれる？」

志乃はクロとスズメに向かって、満面の笑みで親指を立てた。

「そこは嘘でも叱ってほしいんだけど」

「あら、ミトはざまぁみろとか思わないの？」

「ぐっ……思う」

痛いところを突かれた。

特に真由子に対しては、雨の中で突き飛ばされて傷まで作ってしまったのだ。むしろよくやったと、動物たちにお礼を言って撫でくり回したい。

「でしょう。昌宏も私と同じこと言うわよ。お酒のいいつまみができたわね。夜のためにビールを冷やしておかなくちゃ」

志乃は今にもスキップをしそうなぐらいに上機嫌でキッチンの方へと向かっていった。

『ミトも少しは気が晴れたでしょ？』

猫がゴロゴロと喉を鳴らすと、スズメがこてんと首をかしげる。

『それとも足りない？　やっぱり熊にも参加してもらうべきだったかしら？　彼女もやる気満々だったんだけど、他の子たちが怖がったから遠慮してもらったのよね』

「熊にも声かけたの？　熊はやめておいた方がいいかも。人里に下りてきたら熊狩りが始まっちゃうから」

脅すだけだとしてもリスクが高すぎる。それでもし熊の身になにかあったら、ミトは自分を責める結果になるだろう。後悔してもしきれない。

「ありがとうね。私はもう大丈夫だから、皆にもお礼を伝えておいてくれる？」

『分かったわ』

『シロに伝えておくわね』

用事はすんだのか、窓を開けると猫とスズメは帰っていった。

それを見送ってから、やれやれと窓を閉める。

「動物たちはミトが好きなのね」

微笑ましげな顔をしている志乃の言葉に、ミトも穏やかに小さく微笑む。

「いいお友達ね」

「うん。人間の友達はいないけど、友達はたくさんいるから気にはならないの」

いろいろと人には言えない特殊な力だが、そのおかげで救われている部分があるのは確かだ。

「そういえば、昨日言ってた夢の中のミトが好きな人も、ミトの不思議な力と関係があるのかしら？」

「さあ、分かんない。そんなの考えてもみなかった。動物と話せる以外の不思議な力があるかもしれないってこと？」

そうすればあの不思議な夢の理由も解決できそうだが、どんな力だ。

「お母さんが分かるはずないじゃない。ミトに心当たりはないの？」

「まったく」

「じゃあ、なんとも言えないわね。お母さんもイケメンな波琉君を見たいのに」

「それが目的か」

昌宏が知ったら、またやきもちを焼きそうである。

まあ、夫婦仲が良好なのは娘として喜ばしい。

村長の家の片付けがようやく終わると、いつもの日常が戻ってきた。

ずっと家に閉じこもっていたミトは、ようやく家の外に出られると解放感にほっとする。

あまりいい思い出のない村長の家だが、家にいるとテレビかゲームをするぐらいしかやることがないのだ。

勉強のためにネットを見るには村長の家に行くしかない。

家でもネットが使えるなら、ひたすらミトは家の中に引きこもっているのに。

誰が好き好んで自分を嫌っている人たちばかりがいる場所に行くものか。

家にネット環境が欲しいと切実に思う今日この頃だった。

今のところ真由子と鉢合わせすることはなく平和に過ごせている。

村長宅のクロによると、お気に入りの靴をボロボロにされて未だに不機嫌なのだとか。

それを思い出すたびに顔がにんまりしてしまうのぐらいは許してもらいたい。ミトの方は真由子のせいで怪我をしてしまったのだから。

このまま平穏が続けばと祈っていたが、ある日の夜遅くに家の呼び鈴が鳴った。

リビングでくつろいでいたミトと両親は顔を見合わせる。

「あら、こんな時間に誰かしら」

志乃が玄関に向かおうとしたのを、昌宏が止めた。

「待った。俺が出るよ」

志乃では不用心だと思ったのだろう。代わりに玄関に向かった昌宏を、ミトと志乃はリビングから覗く。

「お母さんそれなに？」

志乃の手にはフライパンが。

「だって、いざという時のために必要になるかと思って」

しかし、志乃の心配は杞憂《きゆう》に終わる。

玄関を開けて立っていたのは村長と村の年配の男性たちで、彼らはぞろぞろと玄関の中に入ってきた。

「ミト、部屋に行っていなさい」

不穏な気配を漂わせる村長たちに、危機感を抱いた昌宏は反射的にミトに告げる。

「でも……」

「いいから行きなさい」

志乃にもそう言われて肩を押されては、ミトは従うしかなかった。

「う、うん」

しかし、普段からミトに対していい感情を抱いていない筆頭のような人たちがそろってやってきたのだから、ミトとしても気になって仕方ない。階段に隠れながら、玄関で交わされる会話にそっと聞き耳を立てる。

「どうしたんですか、村長。こんな遅くに、そろいもそろって」

「お前たちに至急伝えておくことができたのでな」

この家には電話がない。なので直接話しに来たのだろうが、玄関に入りきらないほどの人数をそろえてくる必要はないだろうに。

「こんなに引き連れてですか？」

「きちんと忠告するためだ」

「なにをです？」

村長たちに対峙《たいじ》する昌宏は、村の重鎮たちを前にしても堂々としていた。

一方で昌宏の一歩後ろに控える志乃は不安そうな顔をしている。

隠れているミトもまた、村長たちが両親になにか無理難題を投げてこないかと心配だった。

「そう警戒するな。難しいことではない。明日から二、三日はあの忌み子を外に出さないようにしてくれと話しに来ただけだ」

「村長、忌み子じゃない。ミトです！　何度もそう言っているでしょう!?　あなたがそんなだから村の人たちはミトを忌み子だと蔑むんです」

昌宏の怒りの声が家の中に響く。

昌宏は今までに何度となく、ミトを忌み子と呼ばないでくれと村長をはじめとした村の人たちにもの申してきた。

けれど、村長がミトの呼び方を変えることはなかった。

村の権力者である村長がそうなのだ。他の村民たちが、右にならえのごとくミトを同じ人として扱わないのも無理もなかった。

昌宏は懸命に村の意識を変えようとしていたが、昌宏ひとりが叫んだところで、その他大勢の声にかき消されてしまう。

せめて村長が味方とまではいかなくとも中立でいてくれたなら、ミトは今のように肩身の狭い思いはしなくてすんだだろうに。

だが、今回も昌宏の声は村長には届かなかった。

「事実を口にしてなにが悪い。それよりも、絶対に外に出さんでくれ。誰が訪ねてきてもだ」

まるで村の者ではない誰かが来るような言い方だった。

「誰が来るんです？」

昌宏が表情を険しくしながら問う。

「お前たちには関係のない者だ。しかし、外部の者に花印の子がいると知られるわけにもいかないから、わしが許可するまで明日からあの子を外に出すな。分かったな」

「急に来てなんなんだ！　どうしてそんな命令を聞かなきゃならない！」

そう昌宏が激昂《げっこう》すれば、村長が連れてきた男性たちが諭すように口を開いた。

「一族のためだ」

「忌み子の存在を外に知られるわけにはいかない」

「子供ではないのだから駄々をこねるな」

「村長は最善を言っているのだ」

口々に勝手な発言をする男性たちに、こっそり聞いていたミトも怒りが湧いてくる。

しかし、ここでミトが飛び出していっても余計にこじれるだけだと、ぐっと我慢した。

昌宏も憤りを隠せないようで、彼の表情には怒りが見える。

「よいか、絶対に忌み子を外に出すんじゃないぞ！　そんな馬鹿な行動をすれば、お前たちにも責任を取ってもらうからな」

「村長の言葉に従うんだ」

「念のためカーテンも閉めきっておけよ」

「娘の存在を完全に隠すんだ」

自分たちの主張だけを口々に述べ、彼らはようやく出ていった。

村長たちがいなくなったタイミングで姿を見せるミト。

「お父さん、お母さん……」

普段とは違うなにかが起ころうとしているのを肌で感じる。

これまでミトを迫害するような言動はあっても、外に出るなとまでは命令してこなかった。なのに……。

「大丈夫だ、ミト。お父さんたちがついてる」

不安がるミトを励ますように昌宏は肩を抱く。

「村長たちはどうしてあんなこと言ってきたのかな？」

「分からない。今までにも外から人が来ることはたまにあっても、外に出すなとまで命令してきたりはしなかったんだがな」

「誰が来るのかしら。あなた、どこかで見聞きしていないの？」

「いいや。志乃は？」

志乃も覚えがないようで、首を横に振っている。

リビングに戻ると目の前をなにかがさっと通り過ぎ、志乃が悲鳴をあげる。

「きゃあ！」

ずっと持っていたフライパンを一生懸命振り回すが、ミトと昌宏にも当たりそうになっていてかなり危険だ。

「お、お母さん、危ないから！」

「わー、志乃。当たる、当たる！」

素早く昌宏がフライパンを取り上げた。

「あっ、ごめんなさい。びっくりしちゃって。今のはなんだったの？」

謎の正体はミトが発見した。

観葉植物にしがみつく、かわいらしいモモンガ。リビングの窓が少し開いていたので、おそらくそこから中に入ってきたのだろう。

ミトは怯えさせないようにゆっくりと近付いた。

「こんばんは、どうしたの？　間違って入ってきちゃった？」

『ミト～。さっきムカつく野郎どもが来たでしょ。クロからシロに、シロからフクロウに、フクロウから狸の親父に、えっと次は誰だっけ？』

「なにが言いたいの？」

小首をかしげるモモンガはかわいいが、なにをしに来たのかさっぱり伝わらない。

『うーんとね、とりあえずクロから伝言。チャンス到来。今こそ村の奴らをざまあする時が来た！　だって』

「どういう意味？」

ミトにはまったく意味が分からない。こっちは村長たちの言動に腹立たしさを感じていたところだったというのに。

クロが言うように彼らをざまあできるものならしてみたいが、そう簡単ではないのだ。

『なんかねぇ、今度村に人が来るんだって』

「そうみたいね。私に外出してほしくないみたいだけど。あなたは誰が来るのか知ってるの？」

『クロによると、神薙だって。龍花の町から神薙が来るらしいんだ』

ミトは驚きのあまり大きな声で「えっ!!」と驚いた。

「どうしたんだ、ミト？」

心配そうに問いかけてくる昌宏に、ミトはモモンガから聞いた内容を教える。

「なんか龍花の町から、神薙が来るんだって」

「本当か!?」

「うん。村長のところのクロから伝言だって。チャンス到来って」

「それが本当なら、その通りだ」

昌宏は落ち着きなくリビングを行ったり来たりし始める。志乃もどこかそわそわしていた。

「あなた、じゃあさっき村長たちがミトを外へ出すなと言ってきたのは……」

「ああ。ミトの存在を神薙に知られないためだろう。ミトはいつもアザに包帯を巻いて隠しているが、どんなきっかけで知られるか分からない。だが、どうして神薙がこんな辺鄙な村に来るんだ？」

昌宏がミトに視線を向ける。動物たちならなにか知っているのではないかと思ったのだろう。

ミトは昌宏の意図を察してモモンガに聞いてみた。

「どうして神薙が村に来るのか、理由が分かる？」

『分かんない』

「そっか」

がっくりと肩を落としたミトは、昌宏に向かって首を横に振る。

昌宏も残念そうな顔をしたが、一瞬だけ。

「もし、もしも、神薙にミトの存在を教えることができたら……」

昌宏の目には期待と希望が映っていた。

「志乃、これはチャンスだ。ミトを星奈から解放できる！」

昌宏は嬉しそうに志乃の手を取った。

「でも、そんなにうまくいくかしら。きっと村長たちも私たちの行動を警戒するわ」

「確かにな。けど、こんな機会はもう巡ってこないかもしれない。なんとしても、神薙と話をしないと」

「私たちには常に誰かが付き添ってるから、その監視の中じゃ難しいわ。どうしたらいいかしら」

　昌宏と志乃が考え込む中、ミトは少し置いてけぼりにされていた。

　昌宏の言うように神薙にミトの存在を教えたら、花印の子を申告しなかったとして村長をはじめとした人たちはお叱りを受けるだろう。

　ミトにとったら喜ばしい流れだが、村長たちはミトを素直に引き渡すだろうか。

　村長たちはミトを虐げている自覚があるので、発覚を当然恐れている。

　神薙がやってくるとミト家族が知ったら、なんとしても会おうとするだろうと村長は警戒したに違いない。

　だから神薙の存在を頑として教えなかったのだろう。

　まさかミトが動物たちから神薙が来るという情報を仕入れているとは思うまい。

　この村から出ていけるのはミトが長年願ったことだが、果たしてうまくいくのか。もし失敗したら……。

　自分はいい。けれど自分のために昌宏と志乃が今以上に村からひどい扱いを受けるのではないかと、ミトはそれが心配でならなかった。

「お父さん、お母さん。私は大丈夫だから、無理しないで。私のせいでふたりが村長たちからひどいことされるくらいなら今のままでいい」

　なにより大事なのは両親なのだ。

「ミト、そんな弱気でどうする。お父さんたちのことは心配するな。ちゃんとうまくやってみせる」

「そうよ、ミト」

「でも……」

どんなにふたりが力強く答えても、不安は拭えない。危険なことはしてほしくないというのがミトの素直な気持ちだ。

「やるって言ってもどうするの？」

そんな簡単にいかないことは昌宏もよく分かっているだろうに。

案の定、答えられないのか難しい顔をする両親。

すると、モモンガが手を大きく広げた。

『あのねー、それならクロから伝言あるよー』

「クロから？」

『うまくいくように他の動物たちにも手を貸してもらおうって』

「どうやって？」

『皆もね、村の奴らのミトへの扱いは腹に据えかねてるの。いい機会だからやっちまおうぜって、狸の親父が言ってた』

モモンガから計画を聞いたミトは、昌宏たちにその内容を話す。

「それならいけるかもしれないわね」

「失敗できない一発勝負に賭けてみようか」

「うん」

ミト家族の意見がまとまったところで、モモンガに伝言を託して山の動物たちに協力を頼んだ。

これが成功するかは神のみぞ知る。

＊＊＊

「あー、くそだりぃ」

神薙が着る装束から普段着慣れないスーツへと着替えた蒼真は、長い長い山道を走ってきて疲労の色が出ていた。

走ったといっても蒼真は車に乗っていただけで、ここまでの運転は龍花の町から連れてきた神薙の補佐がしていたのだが。

あんたなんもしてないだろ、という視線を無視して、補佐とともに舗装されていない道を歩く。

龍神に仕える神薙には、何名かの補佐がつけられるのが一般的だ。

補佐になれるのはまだ試験に受かっていない神薙候補だったり、優秀な能力がありながらもさまざまな理由で神薙になれなかった者が務める場合が多い。

なにげに神薙という職は、エリートの中のエリートだったりする。

神薙の試験を十回も落ちたことをたびたび尚之に話題にされる蒼真だが、試験に受かった蒼真は決して落ちこぼれというわけではない。

蒼真の倍以上試験に挑戦しても受からない者が少なくないぐらい、神薙の試験は狭き門なのだ。

神薙になれたという時点で、蒼真はエリート街道まっしぐら。将来を約束されたようなものであり、多くの人の羨望を集める存在であった。

ただ、残念ながら神薙の実情は龍神の世話係という面が大きく、あまり自分がエリートだと感じたことがない者が多いとか。

今回とて、波琉のむちゃぶりが発端となったお遣いなのだから。

だが、これぐらいの我儘ならかわいい方だ。他の龍神に仕える神薙の中には、常に胃薬が欠かせない者もいるぐらい心労が絶えないと聞く。

そう考えると、頭を悩ませるような我儘らしい我儘を波琉が言ったのは初めてかもしれない。

しかし、その我儘というのが結構曲者《くせもの》だった。

星奈の一族の話は、神薙としてそれなりに勤めていたら一度は耳にする名前だ。

もともと神薙として龍花の町で龍神に仕えていたという一族は、同じく昔からたくさんの神薙を輩出してきた蒼真の日下部家とも似たところがある。

しかし、神薙でありながら龍神の中でもっとも力ある四人の王のひとり、金赤の王の勘気に触れ、龍神の町を追放された。

波琉に聞いたが、なにをしてそこまで怒らせたのかは知らないようだった。

蒼真も、そして神薙としてはベテランの尚之も、追放された理由までは耳にしていない。

一族ごと追放となるとよほどの事件を起こしたのだろうと予想できるが、他の神薙に聞いても詳細を知る者は見つからなかった。

そんな星奈の一族が龍花の町を追放されたのは百年も前のこと。

彼らが追放後どこに行ったか簡単には見つけられなかったが、紫紺の王の願いのために手の空いている者を総動員して情報を集め、やっと居所を突き止めたのだ。

目の下にクマを作りながら波琉に報告に行けば、波琉が『やっぱり僕が見にいこうかな』などと言いだしたので慌てて尚之に止められていた。

そして、報告が終わったらベッドに直行するつもりだった蒼真に、尚之は直ちに向かうように指示したのである。

このやつれた顔が見えないのかと尚之に訴えたが、問答無用で放り出されたのだった。

「くそっ、これであてが外れてたらどーすんだ」

戸籍に『星奈ミト』の名前がない時点でよくない予感をバシバシ感じる。けれど、波琉は絶対どこかにいると言い切るのだから、神薙としては粛々と受け入れるしかないのだ。

頼むからここにいてくれよと願いながら村長の家に向かう。

一応村長には電話で『星奈ミト』という人物がいないかあらかじめ聞いていた。返ってきたのは否であったが、波琉が納得しなかったのである。

正直、蒼真の波琉に対する評価は、龍神のわりに穏やかで聞き分けのいい方というものだったが、今回の一件で訂正しなくてはならない。

やはり頑固さと折れない意思の強さは他の神と同じである。

仕方なくこうして蒼真じきじきに来る羽目になってしまったが、すでに帰りたくなっていた。

「おい、さっさと確認して帰るぞ」

「はい」

補佐の男性に声をかけて、村長の家の呼び鈴を鳴らした。

出迎えたのは祖父の尚之とそう年が変わらなさそうな老人だ。

一緒にいるのは妻であろう。どことなく怯えているように見えるのは蒼真の気のせいだろうか。チラチラと旦那である村長の顔色をうかがっていた。

「よくいらしてくださいました。どうぞお上がりください」

「失礼する」

わずかな違和感を覚えながら客間に通される。

ひとまず出されたお茶をひと口飲んでから本題に入ろうとしたのだが、先ほどから村長の妻が落ち着きなく外を気にしているのが気になった。

「外になにか？」

蒼真に声をかけられて過剰なほどびくっと体を震わせる村長の妻は、すぐに愛想笑いを浮かべる。

「いいえ、雨が降らないかと気になってしまって」

「この晴天の中でですか？」

蒼真の目が鋭く射貫く。外は雨の気配などいっさいなく、雲すらまばら。天気予報でも降水確率は低く、雨が降るなど言っていなかった。

「え、ええ……」

「この辺りは天候が変わりやすいのですよ」

村長が助けに入るように口を挟んできたが、蒼真にはなにかやましいものを隠そうとしているようにしか見えなかった。

しかし、なにかを暴きに来たわけではない。目的を達成すべく本題へと入る。

「ここは星奈の村と言われているそうですね。村に住んでいるのは皆、星奈の一族だという話ですが」

「ええ、そうですよ」

「昔、龍花の町を追放されたという星奈の一族で間違いありませんか？」

「ええ……」

わずかに村長の顔が不快そうに歪んだが、蒼真は気にしなかった。

「なるほど、では本題に入らせてもらいますが、星奈の一族の中にミトという少女はいませんか？」

「電話でもお話ししましたが、そのような娘は村にはおりません」

そんな言葉を素直に受け取るほど、蒼真も馬鹿ではない。

先ほどから様子のおかしなふたりを見ていれば、信用できる相手とは思えなかった。

「村の中を見せていただいても？　できれば一軒ずつお宅を拝見したい」

「えっ、それは……」

「なにか問題が？」

「今は仕事で家を空けているところも多いですので……」

村長の言葉は、どうにかして蒼真を行かせたくないと言っているようにしか聞こえなかった。

蒼真が隣に座る補佐に視線を向けると、補佐の男性は真剣な表情でこくりと頷く。

「かまいませんよ。夜には帰ってくるのでしょう？　大きな村でもないようですし、村人ひとりひとりに話を聞かせてもらいたい」

「わ、分かりました」

村長は平然としていたが、先ほどよりも顔色がすぐれない村長の妻が蒼真は気になっていた。

村長と違って取り繕うのが苦手なようだ。すぐに顔に出てしまっている。

「では、早速案内をお願いします」

「はい」

半ば無理やり案内を頼むと、立ち上がり外へと向かった。

蒼真の後を慌ててついてくる村長夫婦。

蒼真がそっと視線を後ろに向けると、補佐の男性は了解したというように頷いて、蒼真とは違う方向へと走っていく。

それを見届けてから、村長に案内されて蒼真は村の家を一軒ずつ見回った。

一族しか住んでいないというだけあって、建物も多くない。一日あれば十分に見て回れる広さだ。

しかし、日中は働きに出かけている者が多いのか、留守の家がほとんどだった。

話を聞けたのは、村長と同じ世代の老人ばかり。ひとりひとりに問いかけてみたが、やはり誰もが『星奈ミト』などという娘は知らないと口をそろえた。

無駄足だったか……。

だが、蒼真にはなにかが引っかかる。少女の名前を出した時、わずかに相手の声に緊張が走るのを蒼真は見逃さなかった。

なにかある。違和感を確信に変えるために、蒼真自身に注目させている今頃、補佐が村の中を調べていることだろう。

その調査が終わるまでは、村長とともに家を回って時間稼ぎしておく必要があった。

とはいっても、さほど多くない家を回るのに時間はかからなかった。

「残りは一軒です」

そう告げた村長は、すぐそばにあるクリーム色の屋根の民家を通り過ぎようとしていた。しかし、一瞬その家のカーテンが揺れたように蒼真には見えた。

「待ってください。そこの家はまだ見ていませんよ」

「ああ、そこの夫婦はふたりとも仕事に出ていて留守にしていますから」

「今、カーテンが揺れたようですが、他に誰かいるんじゃないですか？」

「ははは、きっと気のせいですよ」

村長の笑いの中に焦りのようなものを感じた蒼真は、止めるのも気にせず家に足を向け呼び鈴を鳴らす。

しばらく待ったが出てこないので無遠慮に玄関を開けようとするも、鍵がかかっていた。

「ほら、留守ですよ。見間違えたのでしょう。さあ、次へ行きましょう」

納得がいかないまま蒼真は最後の家へと向かったが、そこでも答えは同じ。そんな娘は知らないとのことだった。

仕方なく村長の家へと戻っていると、補佐の男性が帰ってきたので蒼真は声をひそめる。

「どうだ？」

「特におかしなところは見つけられませんでした。ですが、少し気になったことも」

「なんだ？」

「田舎だからでしょうか。玄関に鍵をかけず窓も開けっぱなしが普通でしたが、一軒だけしっかりと玄関も窓も鍵をかけている家がありました」

蒼真の頭によぎったのは先ほどの家。

「クリーム色の屋根の家か？」

「そうです。留守かと思ったのですが、耳を澄ましているとわずかに人の声がしました」

蒼真の表情が険しくなる。

「怪しいな。村長によると夫婦が住んでいるらしいが、仕事で留守だと言っていたんだ」

にもかかわらず声が聞こえてきたとはどういうことか。村長への不信感が募る。

「我が家では村の主婦が手仕事をしているので、どうぞ彼女たちにも聞いてみてください。そんな娘はいないと証言してくれますから」

蒼真たちにそう説明をする村長に促され、玄関を開けて中に入ろうとしていた時。

「村長ー!!」

まだ三、四十代と思われる男性数人が、慌てたように走ってきた。

「大変だ、村長！」

「どうしたんだ？」

「熊だよ。山で熊が出たんだ。しかも一頭じゃなくたくさん。他にも猪とか猿とか鳥とかいろんな動物が襲ってきて、山で仕事をしていた奴らは大慌てで逃げ回ってるよ」

「なんだと！」

「どうしたらいい？」

男性たちは息を切らしながら、村長の指示を仰いだ。

過去にない状況に、村長も一気に顔を強張らせて焦りをにじませながら叫んだ。

「どうもこうも、山で作業している男たちを村に戻すんだ！」

「皆散り散りになって逃げたから、どこにいるか分かんねえよ」

「今までこんなことなかったのに、やっぱり忌み子のせいじゃないのか」

ぴくりと蒼真が反応する。

「忌み子？」

はっとした村長は、忌み子と言った男性を小突く。

男性はようやく蒼真がいると気づいたようで、しまったというような顔をした。

「村長、忌み子とはなんですか？」

「いや、それは、その……。今は村人を優先したいので、少々中でお待ちください」

言うが早いか、村長は村の男性たちを連れていってしまった。

「なんなんですかね、忌み子って」

補佐の男性が問いかけてくるが、聞かれても蒼真も困る。

「俺が分かるわけないだろ。とりあえず中で待たせてもらうか」

「ですね。私も村中駆け回って疲れました。まったく人使いが荒いったら」

愚痴が止まらない補佐の男性をぺしりと叩いて、蒼真は最初に通された客間で待つことにした。

客間の廊下側は縁側になっており、先ほどから村の人間が慌ただしく走り回っているのが嫌でも視界に入ってくる。

「熊に猿に猪が一度に襲ってくるって、普通あります？」

「さあな」

補佐の疑問に興味がなさそうに空返事をしながらぼんやりと庭先を見ていた蒼真の前へ、勢いよく男性が走り込んできた。

警戒して身構える蒼真に、男性は息を切らしながら言葉を絞り出した。

「あなたが龍花の町から来た神薙の方で間違いありませんか!?」

「ああ」

「俺は星奈昌宏です。娘のミトを助けてください！　娘は花印を持っています！」

「はっ？　どういうことだ」

昌宏のあまりに必死な様子に、最初の警戒心はどこかに吹っ飛び身を乗り出す蒼真。

しかもこの昌宏という男は今、聞き捨てならない言葉を吐いた。

「お前、今ミトと言ったか？　お前の娘は星奈ミトというのか？」

「え？　ええ、そうです。けど今は名前よりミトを助けてください」

「助けろって、それはどういう意味だ？」

なんだかややこしいことになりそうな予感がしながらも、放っておける内容ではなかった。

「詳しく話せ」

「はい。ミトは花印を持って生まれました。しかしこの村では花印を持つ子は忌み子とされて、村長から生まれなかった子とされたんです。国に報告しようにも俺たち家族は村長から監視されていて――」

「昌宏！　お前なにしてる！」

昌宏の言葉を遮るように、大きな怒鳴り声がした。

はっと振り向けば、村長を含めた村の男性たちが憤怒に駆られた顔で立っていた。

「くそっ、うまく抜け出せたと思ったのに、もう戻ってきたのか」

苛立たしげにする昌宏はこれが最後のチャンスだというように必死の形相で、村長たちから蒼真へ視線を戻す。

「お願いします。ミトは家にいるんです！」

「お前たち、昌宏を黙らせろ！」

慌てる村長が村の若い衆に命じると、彼らは昌宏を羽交い絞めにして止めようとする。

しかし、昌宏もこの機会を逃すまいと必死に抵抗した。

「ミトは花印を持っているんです！　本来ならここにいるべき子じゃない」

「黙れ、昌宏！」

「自分がなにをしてるか分かってるのか！」

「分かってるからこうしてるんだ！　これ以上、あの子をあんたたちの犠牲にしたくないっ」

揉《も》み合う昌宏たちを、蒼真は冷静な表情で見つめていた。そして、村長に鋭い眼差しを向ける。

「村長、どういうことなんだ？」

「彼は少し疲れているんです。前々から嘘をつくのが好きでしてな。ははは……」

村長は笑って誤魔化そうとするが、そんな言葉を信じるはずがない。

「彼の娘はミトというらしいが、あんたはミトなんて名前の娘はいないと言っていなかったか？」

それまで一応丁寧に話していた蒼真から敬語が抜ける。

「からかっているんですよ」

「花印を持っているという話は？　それも嘘だと言うのか？」

蒼真から発せられる静かな威圧感に、村長の表情も強張る。

「そ、その通りです」

「話にならんな」

蒼真は村長への興味をなくし、未だ揉み合う昌宏を押さえ込もうとしている男性たちを一喝した。

「離せ！」

発したのは、たったひと言。しかし、男性たちをひるませるには十分な迫力があった。

男性たちは村長の顔色をうかがうが、村長から指示は出ない。

どう動くべきか、必死に考えを巡らせているように見えた。

「聞こえなかったか？　とっととそいつを離せ」

地を這《は》うような低い声が男性たちを威嚇すると、彼らは蒼真の迫力に負けてゆっくりと昌宏から離れた。

「おい、そこの奴。昌宏だったか？」

「はい！」

「家に案内しろ。娘が本当に花印を持っているか確認する必要がある」

「あ……、ありがとうございます。ありがとうございます！」

昌宏は今にも涙を流しそうに目を潤ませて、蒼真に何度も頭を下げた。

＊＊＊

クロからの伝言によると、神薙が来たら山で仕事をする昌宏のところで動物たち大暴れする計画があるらしい。

その混乱に乗じれば、監視の目をすり抜けて昌宏が神薙の元へ行けるように時間を稼げるのではないかと提案されたのだ。

それならば成功する可能性が高いのではないかと思われた。

けれど、ミトは動物たちを巻き込むことに難色を示した。

それもクロには想定内だったようで、参加者はあくまで有志に限り、それによる事後の問題は自己責任と声をかけてくれたようだ。

突然のお願いにもかかわらずたくさんの動物が協力してくれることになり、ミトは感謝で胸がいっぱいになった。

一応、脅すだけにとどめてくれと言っておいたので、大怪我をする者はいないだろう。

まあ、逃げる時に転んで擦り傷を作る者は現れるかもしれないが、いたしかたない。

彼らがミトにしてきた行いを思えば軽いものだ。

深夜まで続いた両親と動物たちとの話し合いでは、昌宏ではなくミトが神薙に直接会う方がいいのではないかとの意見も出た。

ミトもひとりが動くよりふたりが行動を起こした方がより確実ではないかと思い、神薙が来たらスズメに知らせに来てくれるようにお願いした。

あとは見計らって家を抜け出す。邪魔が入った時のために、スズメたちが援護するということで話はまとまったのだ。

そうして準備万端で朝を迎えると、朝早くに隣の家の老夫婦が家を訪ねてきた。

「どうしたんですか？　こんな朝早くに」

「上がらせてもらうよ」

応対した志乃が了承する前にずかずかと家の中に押し入ってきた夫婦は、一直線にミトがいるリビングに入ってきた。

手にはそれぞれロープとタオルを持っており、なにをしに来たのかとミト一家は不思議そうにする。

計画がバレたのだろうかと内心ひやひやしているミトの前に立つと、夫婦はなんとロープでミトの両方の手首を合わせて縛り、轡《くつわ》のようにタオルで口をふさいだのだ。

あまりの行動に驚きで動けないミトをいいことに、今度はミトの両足首を縛り上げる夫婦に対し昌宏と志乃は抗議の声をあげた。

「なにしてるんだ！」

「ミトから離れて！」

昌宏はミトから夫婦を引き離し、志乃が守るようにミトを抱きしめた。

「うーうー」

タオルで口をふさがれたミトは言葉にならない声を発する。

「ああ、ミト。待ってちょうだいね。すぐに外すから」

志乃がミトの動きを封じるロープに手をかけた時、老夫婦の怒声が響いた。

「外すんじゃない!!」

「やめなさい！」

びくりと体を震わせた志乃は動きを止めた。しかし反抗するようにふたりをにらみつけた。

「どういうつもりだ」

昌宏はミトと志乃を背にかばい、老夫婦に対峙する。

「どうもこうもない。村長からその子を外に出さないように命じられているだろう？」

「確かにそうだが、別に縛る必要はないだろ！」

老爺《ろうや》の言葉に昌宏が反論すると、老婆の方が鼻を鳴らした。

「ふん。言うことを聞くかどうか、信用できないからだよ」

「その通りだ。昌宏と志乃は今日も仕事だろう？　いない間、そいつが大人しくしているとは限らないから、見張っておくように村長から指示されたんだ」

「だからって、やりすぎだろ！」

　これまで村でのミトの扱いはひどいものだったが、拘束までするのは目に余る。

　ミトはなんら悪いことはしていないのに、まるで罪人のようではないか。

「隙をついて勝手をされては困るからね。村長の命令だよ。文句なら村長に言っておくれ」

「くっ……。どうしてあんたたちはいつも、いつも……」

　昌宏も志乃も悔しげに表情を歪める。

　ミトを忌み子と蔑む村長に、どんなに強く抗議したところで聞き入れるはずがないとふたりはよく分かっていた。

　ミトは自分の姿に視線を落とす。

　幸いにも両手は前で縛られているので、多少の身動きはできる。不便だが、一日ぐらいはなんとかなるだろう。

　ミトは昌宏の袖をちょんと引っ張る。

「うーうー」

「なんだ、ミト？」

　ミトは昌宏をじっと見つめながら、こくりと頷いた。

今ここで村長に逆らうのは得策ではない。目的を達成するためには多少の我慢は大事である。

ミトの思いが伝わったのか、昌宏はわずかな逡巡《しゅんじゅん》の後、唇を引き結んだ。

「分かった。できるだけ早く終わらせて帰ってくるから、ミトは我慢して待ってるんだぞ」

「うーうー」

ミトは何度も首を縦に振った。

昌宏の『早く終わらせて』の意味を知るのはミトの家族だけ。

そして昌宏と志乃は心配そうな顔をしながら仕事に出かけていった。

あとは神薙が本当に来るのかどうかだ。それによりミトの今後が大きく変わってしまうのだから。

我が物顔でリビングでくつろぐ老夫婦に冷めた眼差しを向けながら、ミトは椅子に座ってじっとしていた。

はっきり言うと、暇である。両手が縛られているので、できることがあまりないのだ。

仕方なくそばにあった雑誌を見ていると、外から犬の遠吠《とおぼ》えが響いてきた。

あれは村長宅のシロの声。のどかな村では騒音も音を遮る高い建物もないので、鳴き声がよく響く。

普通の人間にはただの遠吠えにしか聞こえないだろうが、ミトには違うものが聞き取れた。

『神薙来たよー。全員配置につけー』

ミトは心の中で『よし！』と叫び、老夫婦に見えないように小さくガッツポーズをした。

それからも、今神薙はどのお宅にいるかとシロや鳥たちが逐一報告してくれるので、神薙の動きがよく分かった。

「なんだか今日のシロは騒がしいね」

さすがにいつもと違う様子に気がついたようだが、シロが吠《ほ》えている内容まで理解できるはずもなく、老婆が外をうかがおうとカーテンの隙間から覗いた時。

「あっ」

老婆は驚いたようにカーテンから離れたのだった。

「どうした？」

「今ちょうど例の人が通ってたんだよ」

「おいおい、気づかれてないだろうな？」

老爺はわずかに狼狽《ろうばい》した様子で外の様子をうかがうが、どうやら神薙はそのまま行ってしまったらしく老夫婦はほっとしていた。

それとは逆に、心の中で舌打ちしたのはミトだ。

(気づかれなかったか。ああ、じれったい。お父さんはうまくいったかな。そろそろ動物たちが暴れ始めている頃だと思うんだけど)

さすがに山の方の状況までは把握できていなかった。

うまくいくよう願うことしかできないのが苛立たしい。気持ちばかりが先走り、ミトのストレスはたまる一方だ。

静かにその時を待っていると、玄関の方からがちゃがちゃと鍵を開けようとしている音が聞こえてくる。

慌ただしくリビングに入ってきたのは、昌宏だった。

「ミト!」

「うー」

作戦は成功したのか聞きたいのに、口をふさぐタオルが邪魔をする。

そうこうしていると、ミトの知らないスーツの男性がふたり入ってきて、縛られているミトを見て驚いた顔をしていた。

「なに勝手に入ってきてるんだい!」

そう叫んだのは老婆である。

お前が言うな！とミトが心の中でツッコんでいる間に、昌宏が手足を縛るロープを外そうとする。

しかし思ったより結び目がきつかったようで素手ではほどけず、はさみを持ってきて慎重に切っていった。

ようやく解放された手で口をふさいでいたタオルを自分で取ると、ミトはほっと息をつく。

「お父さん。あの人たちが神薙の人？」

「ああ、そうだ」

つまり、作戦が成功したことを示していた。

ミトの足の縛りを解くと、昌宏はミトを立たせて神薙の前に連れていった。

「この子が俺の娘のミトです」

「星奈ミトです」

「俺は日下部蒼真だ。花印を持っているってのは本当か？」

「はい」

ミトがアザのある手の甲を見せると、蒼真は驚いた顔をする。

蒼真の後ろに控える男性もアザを覗き込んで、なにやら興奮したように蒼真の肩を叩いた。

「蒼真さん！　これって、これって！　この形、そうなんじゃないですか？」

「分かったから叩くな。少しさわるぞ？」

「どうぞ」

蒼真はなにかを確認するようにアザを指で擦る。

「確かに神気を感じるな。だがもう少し詳しく調べる必要がある。龍花の町に来てもらう必要があるがいいか？」

もちろんだと返事をしようとしたのを遮ったのは村長の声だった。

「そんなことは許さんぞ！」

いつの間に来ていたのだろうか。村長だけでなく、何人もの村人が様子を見に入ってきていた。

よほど焦っていたらしく靴のまま入ってきていた村長に、ミトは眉をひそめる。

靴を脱げ！と叱りたかったが、今は誰も彼もそれどころではないようだ。

「おい、じじい。これはいったいどういうことだ？　ミトなんて奴はいないって言ったよな？　しかも花印まであるじゃねえか。花印を持った子供が生まれたら国に申告しなきゃならないと知らねえわけねえよな？」

「それは……」

ぎろりとにらみつける蒼真に、村長はしどろもどろ。ちゃんと言い訳できないでいる。

「はっきりしろや、ああん!?」

「ひっ」

ヤンキーさながらのド迫力ですごむ蒼真にミトと昌宏は顔をひきつらせ、ひそひそ話を始めた。

「お父さん、この人本当に神薙？　チンピラじゃないよね？」

「た、たぶん……」

昌宏もちょっと自信なさげである。

「ましてやこんなガキを縛って軟禁してるなんて、どういう了見だ。警察呼んで村人全員刑務所のまずい飯食わしてやろうかぁ!?」

「やっぱり違うんじゃ……」

ミトが不審がっていると、もうひとりの男性が笑顔で近付いてきた。

昌宏が神薙の補佐をしている方だとそっと教えてくれる。

「信じられないだろうけど、大丈夫だよ。チンピラにしか見えなくても、ちゃんと神薙の試験は突破してる優秀な人だから。信じられないけど」

信じられないと二度も繰り返した。

だが、本物の神薙であるならチンピラだろうがヤンキーだろうがどっちでもいい。

「あの、神薙さん」

ミトは思い切って話しかけてみた。

村長たちにがんを飛ばしていた蒼真は、ミトを振り向くと乱暴に頭を撫でた。

「安心しろ。ある程度の事情はここに来るまでにお前の父親から話は聞いた。今までよく頑張ったな」

まさかそんな慰めの言葉をかけられると思っていなかったミトは、目を見張った後、こくりと小さく頷いた。

「花印の可能性がある以上、龍花の町に連れていく必要がある。問題ないか？」

「はい。もちろんです」

ミトは力強く頷いた。そのために動物たちにも力を貸してもらったのだから。

むしろ、連れていってくれなければ困る。

しかし村長は未だにあきらめが悪かった。

「駄目だと言っているだろう！　忌み子を外には出せん！　それを許すのは死んだ時だけだ」

ここまで来てもまだミトを縛ろうとする村長に対して蒼真は一喝する。

「てめえの意見なんか聞いてねえんだよ！　村人全員で口裏合わせるような小細工しやがって。ただですむと思うなよ」

「それって悪役の台詞では？」

　思わずツッコんでしまったミトの口を昌宏が押さえた。

「思ってても口に出したら駄目だ。心の奥でツッコミなさい。怒りの矛先がこっちに来たらお父さんちびっちゃうから」

　なにげに昌宏もひどい言い草である。

　そうこうしていると、話を聞いて駆けつけたのだろう志乃が入ってきた。

「ミト！」

「お母さん」

　互いの無事を確認するように抱き合う。

「あなたも大丈夫だった？」

「ああ、作戦通りうまくいったよ」

　にかっと歯を見せて笑う昌宏に、志乃も安堵《あんど》の表情を浮かべた。

「これでミトは村の外に行けるのね？」

「ああ。そうですよね？」

　昌宏が確認するように蒼真に問いかければ、「当然だ」と願っていた答えが返ってきた。

「ならん、ならん！」

まるで駄々っ子のように往生際悪く反対する村長を、蒼真は蹴っ飛ばした。

その体は後ろにいた他の村人にぶつかり、そろって床に倒れ込む。

「蒼真さん。お年寄りは大事に扱わないと」

補佐の男性が冷静に注意するが、あまり真剣に言ってはいない。

「ちゃんと手加減はしてる。けど、俺はこういうクズ野郎どもが大嫌いなんだよ。寄ってたかって子供をいじめるなんて大人のすることか？　しかも詳しい理由をこいつらは知らねえでやってんだ。たちが悪いだろ」

「わ、わしらは一族のために……」

「その一族のためってやつで、逆に一族が散り散りにならないといいがな」

花印を故意に隠匿したのである。龍神に対して心証を悪くするのは必至だ。

ミトの出生を国に報告しなかったことへの罰がどんなものかミトは知らないが、厳しい処罰があるという噂である。

村長たちはいつまでも隠し通せると思っていたのだろう。実際に十六年もの間、ミトの存在をないものとしてこれたのだから、今後も大丈夫だと自信があったのかもしれない。

けれど、ミトと両親は最後まであきらめなかった。そしてここに神薙を導いたのは神の意志のように感じた。

「ほら、部外者はとっとと出ていけ。今から大事な話をしなきゃならないんだからな」

威嚇する蒼真の威圧感に圧倒され、村長をはじめとした村の人たちは反抗することもなくすごすごと引き下がっていった。

最後に村長だけは「こんなことは許されん」とミトをにらみつけていたが、蒼真が威嚇する。

「警告しとくが、これ以上舐《な》めた真似すると奥歯ガタガタ言わせんぞ。覚えとけ」

いちいち言葉のチョイスがチンピラで、本当に信用していいのかまだ判断に困る。

しかし、ミトたち家族は彼に頼るしか、この村から離れる術はないのだ。

村長たちがいなくなったリビングで、蒼真はドカッと椅子に座った。

「早速話をするから座れ」

まるで自分が家主のように指示する蒼真に、ミトは両親と顔を見合わせて苦笑する。

全員が席についたところで蒼真にもう一度アザを見せるように言われ、ミトは手を差し出した。

蒼真はスマホを操作して、画面とミトの手のアザを見比べる。

「あー、どうりで見つからねえわけだよ」

「なにがですか？」

頭を抱える蒼真の様子にミトが疑問符を浮かべて問うと、蒼真はスマホの画面を見せた。

両親も身を乗り出して画面を覗けば、そこにはミトと同じ花のアザを持った手が写っていた。

しかし、画面の手はミトのものではない。もっと大きく指が長くて、女性というより男性の手だった。

「あら、ミトと同じアザね」

「ほんとだ、私と一緒」

「神薙様、これは？」

ミト家族は驚きつつ蒼真の言葉を待った。

「画像は十数年前に龍花の町に降りた紫紺の王のアザを写したものだ」

ミトだけでなく昌宏と志乃も首をかしげた。

「しこんのおう？」

「そっからかよ」

やれやれとため息をつく蒼真に、ミト家族は申し訳なさそうにする。

花印や龍花の町に関する知識に乏しいのはミトだけでなく両親もだった。

「すみません。情報を得るための道具はミトが生まれた時に全部村長に取り上げられているんです。テレビは見られるんですけど」

「勉強を理由にミトは村長宅のパソコンを使わせてもらってるんですが、常に監視されていて、龍花の町に関するすべてを調べるのを許されていなかったもので……」

「一度検索したことがあったけど、後で見つかってかなり怒られてからは下手な行動はできなくって」

しゅんとするミト親子を見た蒼真は軽く舌打ちする。

「くそだな、あの村長。いや、村人全員か。……まあ、だとしても仕方ない。龍花の町に関する詳しい情報は規制されているからテレビなんかでは報道されないし、ネット情報もガセばっかりだ」

と、蒼真が一般人は知らない裏情報を教えてくれる。

「へぇ、そうなんですか」

「逆に変な先入観がない方が素直に受け入れられて都合がいい。紫紺の王は龍神の中でもっとも格の高い龍神の頂点に立つ方だ。アザが現れたので天界から龍花の町に来られたが、ずっと同じアザを持つ者が見つからないままでいたんだよ」

「とすると、紫紺の王という方がミトのお相手の方ということですか？」

「まあ、そうなるんだが、紫紺様は同じアザを持っている者が見つかっても伴侶にはしないと明言されている」

「えっと、じゃあ私は龍花の町には行けないんですか？」

それは困る。あれだけの騒ぎを起こしたのだ。このまま村にいては今まで以上に扱いがひどくなるのは目に見えている。

「いや、龍神が伴侶に選ばなかったとしても、花印を持つ者は基本的に龍花の町で暮らしてもらうことになっているから、そちらに問題がなければ一緒に来てもらいたい」

「行きます！　なあ、ミト？」

昌宏が目を輝かせて身を乗り出す。

ミトもここから出られると聞いてほっとした。

「うん」

「だったらいいが、さっきも言ったように、紫紺様はお前を伴侶に選ばない可能性が高い。それは覚悟しておいてくれ」

「大丈夫です」

ミトの脳裏に浮かんだのは波琉の顔。

「好きな人がいるから、むしろ助かります」

しょせん子供の初恋と言われてしまったらそれまでだが、今は波琉以外の人となんて考えられない。

「ふふふ、ミトにはイケメンの波琉君がいるものねぇ」

「ただの夢だろう。そんな奴すぐに忘れるさ」

生暖かい眼差しでニヤニヤする志乃とは反対に、昌宏は機嫌が悪そうに眉をひそめる。

「からかわないでよ、お母さん。こっちは一応本気なんだから」

「ちょっと待て！」

突然話に割り込んできた蒼真は、若干頬を引きつらせていた。

「波琉ってのは誰だ？」

「えーと……」

夢の中の住人に恋してますとは恥ずかしくて口ごもっていると、ミトの代わりに志乃が話しだす。

「ミトったら、夢で見るイケメンの波琉君っていう男性に恋しちゃってるんですよ。かわいらしいと思いませんか？」

志乃のからかい交じりの説明に蒼真はすぐには反応せず、補佐の男性と顔を見合わせた。

「蒼真さん、これってマジっすか？　都合よすぎないですか？」

「いや、偶然って可能性も……」

「あの、なにか？」

首をかしげる志乃。蒼真は悩ましげな表情を浮かべる。

「あー、いや、なんでもない。こっちの話だ。早速だが、龍花の町に行くから準備してくれ」

「今⁉ さすがにすぐってわけには。出発は明日とかじゃ駄目ですか？」

「そうだな。両親と別れの挨拶をする時間も必要だろう」

別れという言葉に驚いたのはミトだけではない。

「待ってください！ 俺や志乃は一緒に行けないんですか⁉」

昌宏が焦燥感をにじませて蒼真に食ってかかる。

「星奈の一族が龍花の町から追放された話は知っているだろう？」

「はい」

「星奈の一族を追放したのは紫紺様と同格にある金赤の王だ。彼の決定を覆せるのは紫紺様しかいない。娘は花印があるから問題ないが、紫紺様に許可されていない、星奈の一族であるあんたたちを龍花の町に立ち入らせることはできないんだ」

「そんな……」

昌宏はがっくりと肩を落とす。

「そう気を落とすな。ようは紫紺様から許可をもらえたらいいんだから、あんたたちの娘が紫紺様にお願いしたらいい。許可が出次第迎えをやるから、数日我慢してくれ。急げば一日、二日で紫紺様と面会が叶うだろ」

「二日……。それなら、分かりました」

日数を聞いて、ミトもほっとした表情を浮かべる。

「お父さん、お母さん、絶対許可をもぎ取ってくるから安心して」

「頼りにしてるわよ。ミトならきっと大丈夫。それに、もしかしたら紫紺様も気が変わってミトを伴侶にしたいって言い出すかもね。そうしたら波琉君との三角関係かしら？」

「お母さん、おもしろがってるでしょ」

ふふふと笑う志乃は「あら、分かる？」とこの状況を楽しんでいるようにしか見えない。

「お父さんは断じて許さんぞ！　紫紺様だろうが波琉だろうが、ミトに恋人は早い！」

「別に結婚するわけじゃないんだからいいじゃない」

やだやだと駄々をこねる昌宏を志乃がなだめ、ミトは翌日に向けて準備を始めた。

そして、その日も変わらず夢を見た。

穏やかな笑みを浮かべてたたずむ波琉に、ミトははにかむ。

そうすればさらに笑みを深くしてくれる波琉に、ミトは胸のときめきを抑えられない。

やはり波琉が好きだ。夢の中の人と分かっていても。

「ねえ、波琉。私って紫紺様って人の伴侶なんだって」

波琉以外の人の伴侶になるなんて考えられない。

幸いなのは向こうにもその気がないことだろうか。

両親のためとはいえ、波琉に思いを寄せている心を持ったまま、誰かの伴侶にはなりたくなかった。

「波琉が紫紺様なら問題解決なのにな」

そんなことあり得ないと分かっていながら、もしも目の前にいる波琉が紫紺様だったらと期待をしてしまった。

「ねえ、波琉はどんな声をしてるのかな？」

届くことのない自分の声。いつか届けられたらいいのにと夢想する。

「波琉」

もし名を呼んだら、波琉はどんな声で自分の名前を呼び返してくれるのだろうか。

「会いたい」

そうこぼせば、波琉も口を開く。

『僕もだよ』

そう言った気がした。

四章

　翌朝、早めに朝食を終えたミトは、昨日家に泊まった蒼真たちとともに出発しようとしていた。

「行ってくるね」

「気をつけるのよ」

「うん、お父さんとお母さんも。さすがの村長たちも、私の存在がバレてもまだなにかしてくるほど馬鹿じゃないと思うけど、用心はしてね。できるだけ早く許可をもらえるようにするから」

「任せろ。なにかあっても志乃は俺が守るからミトは心配するな」

　仕事で鍛えた力こぶを見せつけるように腕を上げた昌宏は、その手でミトの頭を撫でる。

「ミトはなにも心配しないで自分を優先して考えるんだ」

「ありがとう」

　お礼の言葉の中にはたくさんの思いが込められていた。

　これまで村から迫害されながらも、見捨てずにいつも味方でいてくれた両親。

　ミトを生んだことでたくさんの苦労をしただろうに、表に出すことなくミトを優先に考えてくれた。

　お礼を言っても言い切れないほどの感謝の念が湧いてくる。

「さあ、もう行きなさい」

「ひとりでも頑張るんだぞ」

「うん、行ってきます」

そうしてミトは、十六年間決して出ることを許されなかった村の外へ出たのだった。

村から車で数時間走ると、町並みはがらりと変わった。

高いビルに、舗装された広い道路と、村人全員を足してもまったく足りない人の数。

そのすべてがミトには新鮮で、あっちをきょろきょろ、こっちをきょろきょろと忙しい。

「そんなに珍しいのか？」

どこかあきれたように、肘をついてミトの様子を眺める蒼真。

そんな初めてのおつかいをする幼子を見るような生暖かい眼差しを向けなくてもいいではないか。ミトには信号ですら初めて目にするものなのだから。

「私は村から出してもらえなかったので、テレビとかでの知識だけなんです。実際に見られるとは思ってなかったから感激です！」

「そうか、なら存分に見とけ。このまま空港に行って飛行機に乗るぞ。飛行機も初めてだろう？」

「おお～。夢にまで見た飛行機！　そんな贅沢が許されるなんて」

ミトは噛みしめるようにぐっと拳を握った。

「飛行機程度でおおげさな。まあ、ずっとあの小さな村の中に閉じ込められてたなら仕方ないか。まったくクズばっかりだな、あの村の連中は」

村長たちのことを思い出したのか、眉間に皺を寄せる蒼真は苛立たしげに吐き捨てた。

チンピラのような迫力だが、ミトの村での扱いに憤ってくれているということは悪い人ではないのだろうとミトは感じた。

「それなんですけど、花印を申告しなかったら厳罰に処されるって話は本当ですか？」

「時と場合による。が、今回は厳罰だろうな。子供への虐待も含まれるだろうから、後ほど国から調査が入るはずだ」

「ふーん」

自分で聞いておいてなんだが、正直、今となってはどうでもいいと思っている。

両親ともどもあの村を出られたら、もう関わり合いになりたくないというのが素直な気持ちだ。

向こうも目障りな忌み子がいなくなってせいせいするだろうに、どうしてわざわざ監視までつけて外に出さないようにしていたか分からない。

花印を持つ子が災いを持ってくると本気で思っていたのだろうか。

「お前はどうしてほしい？　積もり積もった恨みを晴らすか？　紫紺様に頼めば一発だぞ」

「今後関わってこなければそれでいいです」

「無欲だな」

「そんなことありません。欲はたっくさんありますよ。お洒落《しゃれ》なカフェでパフェ食べて、電車にも乗りたいし、映画館にも行きたいし、あと遊園地も。他にも服はネットじゃなくてちゃんとお店で試着して買いたい」

ミトは指折り数えていくが、両の手の指だけではとても足りない。

そんな欲望だらけの自分は、無欲という言葉とはほど遠い場所にいる。

「あの、私って村長のせいで戸籍がないんですが、今からでもどうにかなりますか？　きっといろいろな問題が出てきますよね」

「ん、ああ。その問題もあったな。安心しろ、そもそも龍花の町に住む花印の奴らには戸籍なんてない」

「そうなんですか？」

「花印を持っているってことは、神の伴侶候補だ。人であって人の枠にははめられないのが花印を持つ者たちだからな。普通は生まれてすぐに報告がされて、龍花の町に連れてこられると町独自の名簿に名前が載るんだ。それがまあ、いわゆる戸籍みたいなもんだな」

戸籍が必要ないとは思わなかった。

人間の世界にある神の町。やはり龍花の町は普通の町とは違うルールの中にあるようだ。

「へぇ。じゃあ、心配しなくてもいいのか」

「そうだな。そこは気にしなくても問題なく過ごせるからいいが、龍花の町に着いたら、最初にいろいろ調べさせてもらうぞ？」

いろいろとはなんなのか。わずかな不安が襲う。

「調べるってなにをするんですか？」

「戸籍もなく暮らしてきたなら当然国の保険にも入ってないんだろ？　予防接種や、病院にかかった覚えはあるか？」

「全然ないです」

物心つく前のことは知らないが、記憶にある限りではない。

「よく今まで無事だったな」

そこにはあきれが半分、賞賛が半分という感じだ。

「昔から体は丈夫なんですよね。風邪を引いた記憶もないぐらいに」

「花印を持つ奴は肉体的に丈夫な傾向にあるからな」

「そうなんですか？」

「花印は神気を帯びているから、そのおかげだそうだ」

蒼真から聞かされる話は初めてのことばかりで実に興味深い。

「神気？」

「神が持つ見えない力だ」

そう説明されてもミトにはさっぱり分からない。蒼真もミトが理解していないと感じたようで苦笑した。

「龍神と一緒にいたらなんとなく分かってくる」

「そういうものですか」

「そういうもんだ。第一、分かったところでなにがどうなるってわけでもない」

ならばミトが気にする必要もないだろう。

「紫紺様ってのはどんな人なんですか？　お父さんたちのことを頼むのに、怖い人じゃないですよね？」

「それは安心しろ。紫紺様はいたって温厚な方だ。ただ時々変なお願いをされるぐらいでな」

「たとえば？」

「パソコンの使い方を教えてくれだとか、急に知らない名前だけ教えられて、そいつを探してこいだとかな」

「えー、名前だけって、結構無茶ぶり」

龍花の町の常識を知らないミトには難しいように思うのだが、普通はそれぐらい簡単なものなのだろうか。

だが、共感したミトに対して、よくぞ理解してくれたとばかりに喜色を浮かべる蒼真を見るに、違うようだ。

「お前もそう思うだろう？　けど言うことを聞かないとハリセンが飛んでくるからな。神薙ってのは給料はいいが雑用係みたいなもんだ。粛々と従うしかない」

村長たちを怯えさせていた、このチンピラのような蒼真を脅すとは随分と豪胆だ。

それだけを聞くと、紫紺様とは怖い人のように思ってしまう。だが武器がハリセンというところに少しかわいさを感じる。

「神薙っていうのも大変なんですねぇ」

「俺に同情するんだったら紫紺様にガツンと言ってやってくれ」

「でも、めちゃくちゃ偉い人なんでしょう？」

「ああ。龍神の中で一番偉い」

そんな至極当然のように胸を張られても、ミトも困る。

「そんな人にガツンと言ったら、こっちがガツンとされちゃうんじゃないんですか？」

「お前が紫紺様の伴侶なら大丈夫だ。……たぶん」

「最後の言葉で台なしなんですけど」

そんな一か八かの賭けなどしたくはない。

以降の時間は、生まれて初めての飛行機——しかもファーストクラスに乗り、ひとはしゃぎし終わると、村での扱いや生い立ちなどを蒼真に話して聞かせた。

その中には、ミトが動物と話せるという秘密も含まれていた。昨夜両親と話し、神薙になら教えてもいいのではないかと結論づけたからだ。

花印を持つ者の中にミトと同じような不思議な能力がある者がいないか聞くためでもある。

しかし、残念ながらミトのような能力を持った者は聞いたことがないとの答えだった。

がっかりという気持ちは隠せなかったが、神薙という人たちも只人とはちょっと違った力を持っていると聞いて、別に自分だけが特別というわけではないのだと嬉しくなった。

飛行機を降りると再び車へと乗り込んで移動する。

しばらく走ればどこまでも続く塀が見えてきた。

「あの塀の向こうが龍花の町だ」

蒼真の言葉に緊張感が高まる。

龍花の町は四方を塀で囲まれたひとつの大きな町だという。中に入るには、まず検問所を通過しないといけないらしい。

塀の直前で止められると、窓を開けた蒼真が警備員と思わしき人にカードのようなものを渡した。

自分もなにか聞かれるのだろうかと緊張して待っていたミトだったが、なにも指摘されることなくあっさりと通行を許可された。

よほど興味津々に見えたのだろう。蒼真が先ほど警備員に渡していたカードを見せてくれる。それは蒼真の顔写真の載った身分証のようだ。

「お前のアザが花印だと確認されたら似たような身分証を渡してやる。龍神の伴侶候補だと示すものだ。龍花の町で暮らしていくなら必要なものだから、もらったらなくすなよ」

「はい」

こうして念願の龍花の町にたどり着いた。

塀の向こうにはミトの新しい生活が待っている。そう思うだけでミトの心は弾んだ。

これまでのように虐げられたり、嫌悪を向けられたり、虐められたりすることもない自由な生活ができるかと想像すると、ドキドキが止まらなかった。

龍花の町はここに来るまでに見てきた都市とそう変わりはないように見える。

「ほら、町の地図だ」

蒼真が見せてくれた龍花の町の地図は、初めて来た人のために分かりやすく描かれていた。

地図を広げながら蒼真が説明してくれる。

「町とは言うが、そう広くはないだろ？」

「いや、広いと思いますけど」

村という小さな世界しか知らないミトからすれば十分大きい。

「外に見える一番高い建物があるだろう？」

窓を開けて外を見ると、確かに一番目立つ飛びぬけて高いビルがあった。

「あれが町の中心にある神薙本部だ」

蒼真は地図のど真ん中を指さす。

「へぇ」

蒼真の話を要約すると、町の中心部に神薙本部や病院、学校といった施設が集まっているという。

「学校……」

目をキラキラさせるミトに蒼真が気づく。

「学校に行きたいのか？」

「はい！　ずっとネットで勉強してて、一度も行ったことがないから憧れなんです。私も行けますか？」

「ああ」

学校に行けば念願の友人もできるかもしれない。

一度は着てみたいと憧れだった制服はあるのだろうか。学校とはどんなところなのだろう。

ぱあっと表情を明るくするミトとは反対に、憐憫《れんびん》を含んだ眼差しを向ける蒼真。

しかし学校に行けると聞いて喜んでいるミトは、蒼真の様子には気がつかなかった。

さらに説明を受けると、龍神の住居が集まっているのが町の北部だという。

ミトはてっきりこのまま町の北にある紫紺様の屋敷に向かって面会するのだと思っていたのだが、そう簡単にはいかなかった。

「どうして紫紺様に会えないんですか？」

すぐに会えると考えていたミトは肩透かしを食った気分だ。

「お前が紫紺様と同じアザを持ってるせいで慎重になる必要があるんだよ」

「どうしてです？」

「紫紺様は、自分と同じアザを申し出てきた人間には、あと一回しか会わないって言ってるんだ。これまで紫紺様のところには偽物の花印のアザを持った奴がたくさん来たから嫌気が差したんだろ。本当はもう会わないって宣言したのを、ある条件と引き換えに最後に一度だけ会うと取引した。つまり、お前が紫紺様と同じアザを持ってると騙っていないか、よおく調べる必要があるんだよ。最後の機会だからな」

蒼真側の事情は分かるのだが、ミトもそう時間をかけたくない。

「けど、お父さんとお母さんを早くここに連れてきたいです」

両親はあの後、普段通りに暮らせているだろうか。村人から嫌がらせをされていないかと、ミトは気が気でなかった。

「あー、その件があったか」

蒼真も思い出して困ったように頭をかいた。

「気持ちは分かるが、神薙本部の決定だから俺にもどうにもできない」

「そうですか……」

思わずため息がこぼれ落ちた。

「悪いな」

「いえ」

蒼真を責めてもどうにもならない。分かっているが、落胆する気持ちは隠せなかった。

蒼真もミトの両親の状況を分かっているので早くした方がいいと判断したのか、検査の日程を翌日に調整してくれた。

検査はミトが泊まった神薙本部の目と鼻の先にある大きな病院で行われるようで、朝早くから蒼真に叩き起こされて病院まで連れてこられた。

前夜は両親のことを思うとヤキモキしてしまい、用意された客室を無意味にグルグルと歩き回ってしまう始末。

しかもなかなか眠れなかった上、ミトの癒しの時間である波琉の夢を初めて見なかったのである。波琉になにかあったのだろうかと心配でならなかった。

そんなミトの前で大きなため息をつく蒼真。

「どうしたんですか？」

なにやら疲れているようにも見えるが、昨日より肌ツヤがよくなっている気もする。

これまでミトには縁のなかったエステにでも行ってきたかのようにツヤツヤしている。

「ああ、お前を連れてきたと昨日紫紺様に報告したはいいが、紫紺様と同じ花印を持っていると聞いた途端にすぐ連れてこいとさ。調べが終わるまで無理だと説明したら自分から会いに来ると言って聞かなくて、止めるのに苦労したんだよ」

「えっ？」

それは紫紺様がミトに会いたがっているということなのか。

しかし、蒼真によると同じ花印の者が見つかっても伴侶には迎えないのではなかったのか。ミトに疑問が湧いてくる。

今さら興味があるから伴侶にしたいと言われたらどうしようか。

すぐに波琉の姿が頭をよぎり、紫紺様の伴侶になるのは絶対に無理だと再確認する。

「あの、蒼真さ――」

ミトの方から断れるのか聞こうとするより先に蒼真が口を開いた。

「おかげでハリセンでバシバシ叩かれたから、肌の調子が絶好調だ」

「ん？」

ミトは首をかしげた。

ハリセンで叩かれてどうして肌の調子がよくなるのだろうか。思わず聞きたかった内容が吹っ飛んだ。

「お前もそのうち分かる。若いお前には必要ないかもしれないが、そのうち叩いてもらいたくなるだろうよ。それよりも検査だ。早く両親を連れてくる許可を取りたいんだろう？」

「検査ってなにをするんですか？」

病院というものが初めてのミトは、どんな検査がなされるのかと緊張していた。

「まずは健康状態を確認する。病院に来たのが初めてみたいだから、そこからだ」

検査なんてしなくとも健康であることはミト自身がよく分かっているのだが、ちゃんとしたデータが欲しいのだろう。

「それが終わってから、本題である花印を調べる。こっちは複数の神薙がアザを確認して、全員から花印だと断定をされたら晴れて紫紺様と面会だ」

「面倒くさい～」

こちらは早く会いたいのに、まだ時間がかかるのかと思うとげんなりしてくる。

「なんせ相手は龍神のトップにいる紫紺様だからな。俺たち神薙としては念には念を入れたいんだよ。紫紺様には十六年の間に失態を何度もかましてるからな」

紫紺様の元にやってきた幾人もの偽物の件を言っているのだろう。

蒼真から、原因は神薙本部の不始末だと聞かされていた。

「うぅ……分かりました」

神薙側のことを考えると、慎重になる理由もよく理解できた。

避けて通れないなら、駄々をこねるよりも協力的な方が早く終わるはず。さっさと紫紺様に会って、両親を町に迎え入れる許可をもらわねばならない。

そう、ミトは気合を入れていた。

そして検査が始まったわけだが、血を抜くからと初めての注射を見て恐怖し、バリウムを飲んで気持ち悪くなり、他にもありとあらゆる検査を受けさせられて、終わった頃にはぐったりとなった。

健康かを調べるもののはずなのに、逆に健康を害しそうである。

二度とやるまいとミトが思っていたら、花印の者は年に一度の人間ドックは必須だと言われて頬が引きつる。

検査結果が出るのに少し時間がかかったが、結果は良好。健康状態に問題なしとお墨付きをもらった。

そうして神薙本部へと戻り、ようやく花印の取り調べが始まったわけだが……。

装束を着た男女含む老人たちに怖い顔で審問攻めにされることになった。

これが世に言う圧迫面接かと逃げ出したくなったミトだが、彼らに取り囲まれていて不可能だった。

アザのある手を虫眼鏡でまじまじと確認すると、湯を張った桶《おけ》の中にドボンと浸けられそのまま十分間待つ。

「ふむふむ、お湯では落ちんか」

「今度はクレンジングだな」

そう言うと、【最強メイク落とし！】と書かれたクレンジングオイルをアザの上にたっぷりと落とされ、繭玉でゴシゴシと擦られる。

だが、そんなもので生まれた時からあるアザが消えるはずもないのに、神薙のひとりはムキになり始めた。

「なんと強情な。これでもか！　うりゃ、うりゃ」

「痛い痛い。擦りすぎですっ」

「ふむ、こんなにも擦って取れないとは、本物のようですな」

過去にはこれでアザが消えた者がいるらしいからびっくりだ。

もちろん、擦って落ちる花印など偽物である。

「いや、もっと慎重にならねば。紫紺様は今回が最後だとおっしゃっておるのだから」

「確かに。念には念を入れておこう」

（えー、いい加減波琉に会いたい……）

嫌そうに顔を歪めるミトは無視され、ありとあらゆる検査と質問をされる。そして、ようやく納得した神薙たちからのお墨付きをもらえたのだった。

「つ〜か〜れ〜た〜」

ソファーでぐでっとするミトを見て、蒼真は苦笑した。

「まあ、会える手はずが整ったからそれでよしとしとけ」

「紫紺様に会えますか？」

「さっき紫紺様に確認を取ったら、すぐに連れてきていいとさ。行くか？」

「はい！」

ようやく会える。ミトは胸の奥が期待で高まるのを感じた。

車で移動して着いたのは、紫紺様の屋敷。大きな門がその先のものを守るように立ちはだかっており、門が開くと車で中に入っていく。

高級感漂う立派な屋敷の玄関に横付けされると、ミトは圧倒されながら車から降りた。

「ほわ～。すごいお屋敷」

「紫紺様の屋敷だから当然だ」

改めて紫紺の王という存在がどれだけ上の立場かを思い知らされるようだ。そんな人とこれから会うのかと思うと、ミトは急に不安が襲ってくる。

けれど、実際に会ってみなければ人となりはなにも分からない。さっさと屋敷の中に入ってしまった蒼真を慌てて追いかける。

屋敷の中は圧巻の広さだった。ミトの家がいくつ入るだろうか。玄関だけでミトの家のリビングより広い。

蒼真を見失ったら確実に迷子になると、彼の後ろをカルガモのようにぴったりとついて回った。

途中、蒼真がおもむろに話し始める。

「俺がそもそも星奈の村に行った理由なんだがな」

「そういえば、蒼真さんはどうして村に来たんですか？」

あんな辺鄙な村に来る理由までは動物たちに聞いても分からなかった。当然、村長が教えてくれるはずもない。

花印を持つミトがいるというのも、昌宏から聞いて初めて知ったようだし。

「俺は紫紺様の命令で人探しをしていたんだ。けど、戸籍を調べてもそんな者は見つからない。そこで関わりがあるんじゃないかと星奈の一族を調べに行ったんだ」

「そうなんですね。それで、見つかったんですか？」

「紫紺様から探してこいと言われたのは、星奈ミトという十六歳前後の女だ」

「えっ、私？」

まさかそこで自分の名前が出ると思わなかったミトは、自分を指さしてきょとんとした。

「紫紺様のお名前は波琉というんだが、覚えはないか？」

覚えがないもなにも、夢の中の好きな人のことは蒼真にも話していた。今日なんかは何度も波琉のことを考えていたほどに覚えがある。

急に夢を見なくなってしまって、とうとう夢の終わりが来たのではないかと落ち込んでいたのだ。

「え、でも。え？」

ミトは話についていけず、混乱状態に陥る。

「紫紺様は銀髪に紫紺の瞳を持ち、人間離れした美しい顔立ちをされた方だ」

「私の知ってる夢の波琉もそうです……」

その場に沈黙が落ちた。ミトは戸惑いを隠せず、蒼真もなんとも言えない顔をしている。

「……まあ、実際に会ってみた方が早いだろう」

「えー、ちょっと待って！　直前にそんなこと言われても困るんですけど！」

「仕方ないだろう。俺だって半信半疑だったんだ。だが、知らないままより心の準備があった方がいいだろうと気を利かせてやったんだぞ」

「絶対今のタイミングじゃなかったと思います！」

蒼真に抗議しつつも、ミトは両手で頬を隠した。

「嘘嘘。本気で言ってるんですか⁉」

「ほら、とっとと行くぞ」

「待ってください。無理無理！」

「そう騒ぐな。紫紺様とお前の波琉が同じ方とは言ってないんだ。名前が同じってだけで」

確かにそうだと、少し落ち着きを取り戻したミト。

だが、もし同じ人だったらどうするのか。

ミトはずっと波琉を夢の中の住人と考えていたのに、ここにきて本人に会うかもしれないと聞かされ、平常心でいられるはずがない。

紫紺様が波琉だったらどうすればいいのだろうか。そう考えてミトはとても大事なことを思い出す。

自分はあろうことか彼に告白をしているではないか、と。

「きゃー！」

悲鳴をあげてその場にしゃがみ込んだミトに、蒼真がびくつく。

「急に叫ぶなよ。びびっただろうが」

「でもでも。だって……」

蒼真にこの感情を伝えたところで理解してくれると思えない。

「担いで連れていかれたくなかったら、黙ってついてこい」

「はい……」

叫び出したい思いを抑え込んで蒼真の後についていくと、ある部屋の前で立ち止まる。

「ここだ。準備はいいか？」

「心臓が口から出そう」

自分の鼓動が分かるくらい緊張していて、気分が悪くなりそうだ。

「頼むから紫紺様の前で吐くなよ。吐くならトイレに行ってこい」

心配してくれてもいいと思うのだが、蒼真は冷たい。

「大丈夫です。……たぶん」

「なら行くぞ」

蒼真は襖《ふすま》の前で正座をして中へ向かって声をかけた。

「紫紺様、例の女性をお連れしました。入ってもよろしいでしょうか？」

「いいよ、入っておいで」

思っていたよりも穏やかで優しげな声が聞こえてきて、ミトの心臓は早鐘を打つ。

「失礼いたします」

そっと襖を開け一礼してから蒼真が入っていくのを見て、ミトも同じように一礼してから蒼真に続いた。

肘置きに肘をついて座椅子に座っている男性がにこやかにミトを見ていた。

輝くような銀色の髪と、紫紺の瞳。そして何年経っても変わらないその美しい顔立ち。間違えるはずがない。

焦がれてやまなかったミトの好きな人。

「波琉……」

そのつぶやきでミトの波琉と紫紺様が同じだと察したのだろう。蒼真は一瞬だけミトに視線を向けると、波琉に戻した。

「どうやら余計な説明は必要ないようですね」

「そうだね。ご苦労様、蒼真。行っていいよ」

蒼真と話をしながらもミトから一瞬も目を離すことなく、波琉は蒼真に退出を促す。

「なにかありましたらお呼びください」

再度一礼してから、ミトを置いて蒼真は部屋を出ていった。

ひとり置いていかないでくれと思ったが、無情にも襖が閉められる。

蒼真が行ってしまって身の置き所に困ったミトは困惑した。目の前にはあれほど会いたかった波琉がいるが、どうしたらいいか分からない。

戸惑っていると、座っていた波琉が立ち上がりミトに近付いてきた。

反応に困るミトは内心あたふたしつつも、体は硬直したように動かない。

着実に距離を狭めてくる波琉を見つめることしかできなかった。

そして、手が届くほど近くに立った波琉はミトににこりと微笑む。

夢で見慣れた笑顔。

そっと波琉が手を伸ばしてくる。いつもなら見えない壁に防がれるその行動は、しかしなににも阻まれることなくミトの頬に触れた。

波琉の手は予想よりひやりとしていたが、間違いなく人の温もりを感じ、波琉が自分に触れているのだと思うと感情が高ぶりすぎて声が出てこない。

「花印を見せて」

静かで柔らかな波琉の声に、体は勝手に従ってアザのある手を差し出した。

頬の手とは反対の手で、ミトのアザを優しく撫でる。

すると、波琉は満面の笑顔を浮かべる。今まで見たことがないほど嬉しそうに笑い、次の瞬間にはミトを抱きしめていた。

「ミト、やっと会えたね」

波琉の声が上機嫌に弾んでいるのが分かったが、突然波琉に抱きしめられたミトは人形のように硬直してしまった。

反応が返ってこないミトを不審がった波琉が、腕の力を少し緩めミトの顔を覗き込む。

波琉の綺麗な顔が間近にあって、余計にミトを動揺させる。

「ミトは僕に会えて嬉しくないの？」

ミトから返事がないことを悪い方に取ったのかもしれない。眉を下げて寂しそうにする波琉を見て、ようやくミトの体が動いた。

「そんなはずない！　ずっと波琉に会いたかったもの！　……でもなんだか、まだ実感が湧かないというか。夢のような気がして、びっくりしちゃって。だから決して嬉しくなかったとかじゃないから」

なにせずっと波琉は夢の中だけの住人だと思っていたのだ。こうして言葉を交わしている現実が信じられないのも無理はない。

「僕も嬉しいよ」

ふわりと、まるで柔らかな風が吹くような微笑みで、波琉は喜びに浸っている。

波琉はミトを夢の中だけの存在ではないと分かっていたということか。だから蒼真に探させていたのだろうし。

「波琉は私を探してくれてたの？　花印があるって知ってて？」

「うーん、それは知らなかったんだよ。ただ、あの夢がただの夢でないとは感じていた。ミトがどこかにいるだろうともね。あの夢を見始めたのは龍花の町に来てからだったから、なにかしらミトと波長が合ったんだろうなって。でも、今は納得かな。ミトは僕と同じ花印を持っていたんだから、波長が合うのは当然だもの」

「そういうものなの？」

波長とはなんなのかミトには分からない。

「ミトの花印からは僕と似た神気が感じられるからね」

ミトは自分の花印に視線を落とすが、蒼真も口にしていたような不思議な力は感じない。

「そもそも花印なんて関係なくミトに会いたいから探してもらってたんだよ。なのに、そのミトが僕と同じ花印を持っているなんて嬉しい誤算だったな。本当は昨日会いにいきたかったのに、尚之も蒼真も駄目だって必死になって止めるから仕方なくあきらめてね。昨日は待ち遠しくてほとんど眠れなかったよ」

波琉はにこっと微笑んでからミトの頬に手を滑らせる。

「ねえ、ミト。もう一度言ってくれないかな?」

「もう一度ってなにを?」

「壁越しなんかじゃない、ミトの声で聞きたいな。あの日ミトが僕にくれた言葉を。ミトの僕への気持ちを教えて」

耳元で囁いた波琉の最後の言葉に、ミトは彼がなにを言っているのかを理解して顔を真っ赤にした。

「あ、あれは……!　言葉の綾《あや》というか、波琉には伝わらないと思ってぽろっと口にしちゃったわけで」

ミトは言い訳をするのに必死だった。

あの日の告白は、するつもりなんてなかった完全な誤爆である。もう一度繰り返せだなんて、鬼か。

「聞かせてよ。あの言葉があったから、我慢できなくなってミトを探すことにしたんだ。花印を持っている子に会うつもりで龍花の町に来たけど、もう花印の伴侶なんて関係なくミトを僕のものにしたくなったから」

波琉はもう一度ミトの耳元で「聞かせて」と甘く囁いた。

波琉の言葉は、もうミトの想いの答えを口にしているようなものだった。

彼の優しくも温かい眼差しがミトに先を促し、言葉にする力を与えてくれる。

「波琉」

「うん？」

「……好き」

ためらいがちにつぶやかれた告白に、波琉は満面の笑みで応える。

「うん。僕もだよ」

そしてミトを抱き上げると、楽しげにクルクルと回り始めた。

「わっ、波琉！　目が回る」

「ごめんごめん。あまりにも嬉しくって。だって、正式な伴侶にできるのは花印を持つ子だけだから、ミトとは人間界にいる間だけしか一緒にいられないと思ってたんだよ。なのに、ミトが僕と同じ花印を持っているってことは人間の生を終えても天界でずっと一緒にいられる。こんなに嬉しい話はないじゃないか。ミトは？　ミトも嬉しい？」

ニコニコしていて上機嫌であることが分かる波琉の問いかけにミトは即答した。

「もちろん！」

嬉しくないはずがない。ずっと恋していた人なのだから。

会いたくて、会いたくて。けれど夢の中の人だからとあきらめていた彼がミトに触れている。

それだけで胸がドキドキして、村を出られると分かった時よりももっと嬉しい。

「こんなことなら最初からミトの名前を出して探させていたらよかったな。まさかミトが僕の花印を持ってると思っていなかったから、あまり深入りするのはよくないって夢の中だけで我慢してたんだ。散々偽者と会わされたのはなんだったのか。ほんと無駄な時間を使っちゃったよ」

ミトをぎゅうっと抱きしめながらキスができそうなほど顔を近付ける波琉は、若干不機嫌そうに眉をひそめたが、ミトは波琉の近さにそれどころではない。

少し離れた波琉にほっとしたミトは、波琉の手の甲を見て同じアザを確認した。

「夢の中ではお互い花印なんてなかったから」

「不思議だよねえ。まあ、これも天帝のいたずらかな」

「天帝？」

　またよく分からない単語が出てきて、ミトに疑問符が浮かぶ。

「そのことはおいおい話してあげるよ。それよりも、僕の花印の上に相思相愛なんだから、ミトは今日からここで暮らすよね？　楽しみだな。とりあえず蒼真と尚之を呼ぼうか。ミトを僕の伴侶として対応してもらうようにお願いしないと」

　なにやらとんとん拍子に話が進んでいる気がしてならない。

　紫紺様の伴侶になるつもりはいっさいなく龍花の町に来たが、相手が波琉なら問題があるはずもない。

「波琉は紫紺様っていうんでしょう？」

「そう言われているね」

「龍神の中で一番偉い？」

「そうだよ」

　ならばなにより先にお願いしなければならない件がある。

「お父さんとお母さんをここに連れてきたいの」

「別にかまわないよ。部屋は広いから好きに使ったらいいし」

「えっと、そうじゃなくて、ふたりを連れてくるには紫紺様の許可がいるんだって。つまり波琉の！」

「どういうこと？」

ミトの説明だけでは伝わらなかったのか、波琉はきょとんとした顔をしている。

どこから話をしたものか。

「えーと。そうだ、蒼真さーん！」

とりあえず事情を知る蒼真を大きな声で呼べば、すぐに部屋にやってきた。

「呼んだか？」

「お父さんとお母さんの許可が欲しいけど、どこから話したらいいか分からなくて」

「ああ。そうだな」

蒼真は納得したように頷いてから、波琉の前に座る。

波琉も聞く体勢になるべく座椅子に腰を下ろしたのだが、ミトを後ろから抱きしめるような形で一緒に座った。

はっきり言ってめちゃくちゃ恥ずかしい。ミトはそれとなく離れようとしたが、すかさず引き寄せられてしまう。

「逃げちゃ駄目だよ」

「は、波琉」

蒼真が目の前で見ているというのに、波琉はまるで目に入っていないかのように気にした様子はない。

蒼真も仕方なさそうに小さく嘆息して、なにも見ていませんという様子で話し始めた。

「最初にお話ししていたように、彼女は金赤様によって追放された星奈の一族です。彼女は紫紺様からあらかじめ許可を得ていた上に花印を持っていたため連れてきましたが、両親までは許可を得ていませんので連れてくることができませんでした」

「あー、そういうこと。なら許可を出すから連れてくるといいよ。どうせなら一族ごと連れてくる?」

「それは駄目!」

ミトが激しく反対した。やっとこさあの一族と離れられると思っているのに、一緒に連れてきては意味がない。

「どうしたの?」

星奈の一族でのミトの扱いを知らない波琉は彼女の強い拒絶に目を丸くしていた。

「これは紫紺様の探しておられるのが彼女か判明してからお話しするつもりだったのですが、彼女は星奈の一族であまりいい扱いを受けていなかったようです」

蒼真は面倒なことになりそうだと言わんばかりの難しい表情で、波琉の様子をうかがいつつ説明する。

「は？」

それまで穏やかな表情を崩さなかった波琉の目が剣呑に光る。

蒼真は昌宏から聞いた星奈の一族での花印の悪しき扱いについて、順を追って話した。

ミトは忌み子と呼ばれ村から爪弾きになって暮らしてきたこと。

逃げようにも監視されていて外へ連絡ができなかったこと。

蒼真がやってきた時、ミトは拘束されて監禁されていたこと。

時折ミトが補足したが、当人ではどうしても感情的になってしまうため、第三者の客観的な説明の方が波琉にはよく伝わったようだ。

「なるほどね」

顔を険しくさせる波琉から、ゆらゆらと見えない空気のようなものを感じる。

少しすると、なにやら外の空模様が急速に悪くなっていった。

雷がゴロゴロと鳴り、不穏な気配を漂わせる空。

突然の天気の急変に驚くミトとは反対に、蒼真は至極冷静に波琉を宥《なだ》める。

「紫紺様。どうか気をお静めください。彼女が驚いていますよ」

はっとした波琉は、ミトの顔を気遣うように覗き込んだ。

「ごめんね、ミト。怖かった？」

「怖いというか、なにがなんだったのか」

驚きの方が勝り、怖いもなにもない。ミトは呆気《あっけ》にとられていた。

「紫紺様は天候を司る龍神様だ。それで紫紺様の怒りに空が反応しただけだ」

だけと言うが、かなりすごいことだと思うのはミトだけではないはず。

しかし蒼真は冷静そのものだった。さすが何年も波琉に仕えている神薙だけある。

「紫紺様の機嫌が天候にそのまま影響する場合もあるから、絶対に怒らせるなよ」

「えっ」

そう言われても、ミトに波琉の怒りのツボが分かるはずもない。

そっと後ろを振り向けば、機嫌を直してニコニコとしている波琉の顔があった。

先ほどまでおどろおどろしい雲が覆っていた空もいつの間にか晴天に戻っている。

「最初に花印の偽物が来た時には、その日一日中大嵐だったからな。ほんとに気をつけてくれ。でないと龍花の町が水没するから」

脅しが含まれた、なんとも無茶な頼みである。

「そんなの私に言われても……」

眉尻を下げた情けない声が出てしまうミトを誰が責められよう。他人の機嫌なんてミトにどうこうできるはずがない。

「大丈夫だよ。ミトがいれば僕は機嫌いいから。でも、ミトを虐げてた星奈の一族はちょっとムカつくかなぁ」

ミトの肩に顎を乗せながら、再び波琉から見えない威圧感のようなものがあふれ出てくる。

なるほど、これが神気というものかとミトは納得する。

神と一緒にいたら分かるようになってくると蒼真が言っていたのが理解できた。

「あの人たちはどうでもいいの。早くお父さんとお母さんをここに連れてきたい。こうしてる間も村の人たちに嫌がらせされてないか心配で」

「そっか。そうだよね。じゃあ、すぐに迎えに行こうか」

「すぐって？」

「蒼真、ミトの両親がいる場所はどこ？」

まるでそう言われることを予想していたように、蒼真は袖から地図を取り出して蒼真に見せる。

「ここです」

「ふーん。それぐらいならすぐに行って帰ってこられるね」

波琉は「よっこいしょ」と言いながらミトを抱えて立ち上がった。そして、庭先に出ると蒼真を振り返る。

「ちょっと行ってくるよ。今日中には帰るから、ミトの両親を迎え入れる用意しておいてね」

「かしこまりました」

「え？　え？」

なにやら話がまとまっているようだが、ミトひとりがついていけずに置いてけぼりにされている。

「波琉、どうするの？」

「こうするの」

波琉が意味深に笑うと、抱っこされたミトごとふわりと宙に浮かぶ。

「ひゃあ」

すがるものを求めて波琉にぎゅっと抱きつけば、波琉は楽しげにふふっと笑った。

「ちゃんと掴まっててね」

そう言うや、波琉の姿が人から龍へと変化していったのである。

波琉の特徴的な銀髪のように美しい鱗《うろこ》が太陽に照らされ輝いている。

龍の姿となった波琉の首の位置にまたがり、驚きのあまり声も出ないミトを乗せて、波琉は空を飛んだ。

ものすごい速さで移動しているのが眼下の景色で判別できたが、驚くほどに風の抵抗は感じなかった。

これもまた龍神の力なのだろうかと感じている間にも、恐ろしい速さで過ぎ去っていく。

傍から見たらどうなっているのだろうか。まさか【龍神現る！】なんていうタイトルでネットニュースのトップページを飾るのではないかと心配になってきた。

「波琉、絶対大騒ぎになるよ！　見てる人がいるかも」

「大丈夫だよ。見えないようにしているから」

「本当に大丈夫？」

「大丈夫、大丈夫」

なんとも軽い調子の波琉の言葉は、本当に信用していいのか困ってしまう。

しかし、話題になったとしても龍花の町がなんとかするだろうと、ミトも気にしないことにした。

そうしてあっという間に着いたのは、ミトが十六年もの長い時間を過ごした村だ。

「ミトの家はどれ？」

「クリーム色の屋根の、それ」

ミトは自分の家を見つけて指をさした。

「了解」

移動していた時とは反対にゆっくりと降り立った波琉は、龍から見慣れた人の姿へと戻った。

「波琉、下ろして」

「駄目だよ。だって、ミトは靴を履いてないでしょう?」

「あっ」

庭先に出た時、波琉は草履を履いていたが、ずっと抱っこされていたミトは裸足のままだ。

「じゃあ、家の中に連れてって」

「うん」

波琉に抱き上げられたまま家の呼び鈴を鳴らしたが、何度鳴らそうともいつまで経っても出てこない。

仕事をしているのかと頭をよぎったが、すでに日は落ち始めており、いつもならとっくに帰ってきている時間だ。

「家の鍵を持ってくるの忘れたー」

ミトの家は留守中は必ず鍵をかけている。鍵がなければ家に入ることができないのだ。

それでも思わずドアノブに手をかけると、玄関の扉はすんなりと開いたのである。

「えっ、なんで？」

まさか鍵をかけ忘れたのだろうか。

そんなこと今までなかったのだが、このタイミングで開いていたのは助かった。

まだ帰ってきていないならリビングで待っていようと中へ入る。

「波琉、こっち。お父さんとお母さんが帰ってくるまでお茶でも飲んで待ってよう」

ようやく下ろしてもらえたミトはリビングへと一直線に向かった。

なにか床が土で汚れてザラザラしているなと思いつつリビングに入ろうとしたところで足が止まる。

「え……。なに、これ……」

数日前まで過ごしていたリビングは、まるで嵐でも過ぎ去ったように荒らされていたのだ。

花瓶は床に落ちて花が乱雑に散らばり、何度も誰かに踏みつけられたよう。

窓ガラスも割れており、椅子やテーブルといった家具も倒されている。

「お父さん！　お母さん！」

嫌な予感が頭をよぎったミトは、叫びながら両親の姿を求めて家の中を探し回った。

しかし、どの部屋にも両親の姿は見つけられない。

「波琉！　どうしよう。お父さんとお母さんが見つからない。もしかして外にいるのかも！」

駆け出そうとしたのを、波琉が腕を引いて止める。

「ミト、落ち着いて。外も暗くなってきたし、むやみに探し回るのは危ないよ」

「けど！」

その時、「にゃお、にゃお」という鳴き声が聞こえてきてはっと見ると、リビングの割れた窓ガラスの向こうから村長宅の飼い猫のクロがなにかを訴えるように大きな声で騒いでいた。

「クロ？」

割れたガラスに気をつけながらクロに近付いていく。

「クロ、お父さんとお母さんがいないんだけど――」

『ミト、戻ってきてたのね。大変大変！』

クロはミトが質問し終えるのを遮って騒いだ。なんだかずいぶんと慌てているようだ。

「どうしたの？」

『村の奴らがミトの両親を連れてっちゃったのよ。皆怖い顔して、お前たちのせいだって殴ったり蹴ったりしてて』

「嘘でしょう……」

ミトはあまりの事態にそれ以上の言葉が出てこなかった。

村の人たちはミトを忌み子と蔑んではいるが、比較的両親に対しては同情的な者も少なからずいた。

村の中でも、監視をされて時々嫌みを言われていただけでミトのようにいじめられていたなんてこともなかった。

だから多少の嫌がらせはあるかと危惧してはいたが、まさかミトへの鬱憤をここまで爆発させて両親に向けられるなんて想像だにしていない。

ミトがいなくなれば、むしろ関係がよくなるのではないかとすらわずかに思っていたのに、甘い考えだった。

もし分かっていたら、蒼真がなんと言おうと無理やり連れていったのに。

「お父さんとお母さんはどこ？」

『村の集会所よ』

場所が分かったなら行かないわけにはいかない。

「波琉！」

波琉を振り返ってから、波琉は動物の声が分からないことに気がつく。

「あっと……」

「ミトは動物の声が分かるの？」

「う、うん」

波琉にはその件をまだ話してはいなかった。

きっと相当驚くだろうとミトは思っていたのだが、ミトの心情をよそに波琉は楽しげに笑ったのだった。

「そうなんだー。ミトはやっぱりおもしろいね」

そう言ってミトの頭を優しく撫でる。

あの蒼真でも最初は疑惑の目を向け、かなり驚いていたので、ミトにとっては予想外の反応だった。

「驚かないの？」

「驚かないよ。人間の中にはたまにミトみたいな子もいるからね」

「そうなの？」

「そうだね。長く生きてればいろんな人間を知るから」

蒼真はミトのような人間は知らないと言っていたが、悠久の時を生きる龍神にとったら珍しくないのかもしれない。

「そうなんだ……」

ちょっと安堵しながらも、すぐに両親のことで頭がいっぱいになる。

「波琉、お父さんとお母さんが」

「うん。集会所だっけ？　場所分かる？　行ってみよう」

「波琉。クロの言葉が……」

波琉がクロの言葉を理解していたことに目を丸くするミトに、波琉は「龍神だからね」と、説明になっているような、なっていないような言葉をかける。

「また抱っこして行こうか？」

「家に予備の靴があるから大丈夫」

「なんだ」

波琉は残念そうにしながら、集会所に急ぐミトの後につき従った。

早く、早くと気ばかりが急く。

村の集会場へ向かう途中、通りかかった村長の家から真由子が出てきて、思わず足を止める。

「あら、帰ってきたの？　それとも追い出されてのこのこ戻ってきたのかしら？　やっぱり忌み子なんて誰も欲しがらないのよ」

歪んだ笑みを浮かべる真由子。

「お父さんとお母さんは、どうして……」

「おじさんとおばさんも馬鹿よね。忌み子なんてかばって外に出しちゃうから大人たちに責められるのよ。ほんと、あんたって疫病神よね。生まれてきたことが間違いだったのよ。生まれてきてごめんなさいっておじいちゃんたちに土下座したら許してもらえるかもね」

きゃははっと、甲高い耳障りな笑い声が響いた。

「私のせい……」

自分の存在が未だに両親に迷惑をかけている。

確かにミトという花印を持った子供が生まれてこなければ、両親は幸せに穏やかな生活をし続けられただろう。そう思うと申し訳なさでいっぱいになる。

土下座ぐらいで許してくれるならいくらだってする。けれど、村長たちにとってミトの存在自体が罪なのだと告げるだろう。

そんなふうに言われてしまったら、自分はいったいどうしたらいいのか。

ミトがぐっと手を握り悔しさを押し殺していると、波琉が動き真由子の胸倉を掴んで乱暴に持ち上げた。

「きゃあ！　なによ、あんた誰！　私にこんなことしてただですむと思ってるの!?」

「うるさい」

その短い言葉だけで、波琉が激しく怒っているのを感じる。

「僕のミトに、生まれてきたことが間違いだって言ったの？　お前ごとき狭小な分際が？　ひねりつぶしてあげようか」

「ひっ！」

波琉の怒気に真由子は恐怖に顔を歪める。

「波琉、駄目」

か細くもしっかりとしたミトの否定の言葉に、波琉はどうして？と不満げな表情をする。

「この村ではそういう考えが普通なの。きっとなにを言ったって変わりはしない。それよりもお父さんとお母さんを助けたい」

「分かったよ」

やれやれと仕方なさそうに波琉は真由子から手を離した。

最後は投げ捨てるように乱暴だったが、真由子の無事を気にしてあげるほど自分は優しい人間ではない。

怯える真由子を一瞥し、なにも声をかけることなくミトは集会所へと足を向けた。

たどり着いた集会所を窓からそっと覗き込めば、村の大人たちに殴られて床に倒れ込む昌宏が目に入ってくる。

その姿にショックを受けたミトは衝撃のあまり声が出てこなかった。

「あなたっ！」

志乃が倒れた昌宏に駆け寄る。昌宏はよほど強く殴られたのか、口の端から血を流していた。

そんなふたりの前に村長が一歩前に出る。

「今からでも遅くない。ミトを村に連れ戻せ。お前たちの言葉ならあの忌み子も従うだろう。あれは村の外に出してはいけない存在だ」

「村長の言う通りだ！」

「忌み子は災厄しか呼ばない！」

そうだ、そうだと、村の衆が相槌《あいづち》を打つ。

ミトを忌み子と信じ込んでいる彼らの顔は、先ほどの真由子と同じ歪んだ醜悪な表情をしていた。

「あんたたちになんと言われようと、ミトは俺たちの娘だ！　娘の幸せを第一に考えるのは当然のことだろう」

「その通りよ。ミトは村では幸せにはなれない。あの子がいるべき場所はここではないわ」

村の人たちから責められ暴力を振るわれてもなおミトをかばう両親に涙があふれる。

どんなに怖いだろうか。それでも昌宏と志乃の目は強い光を失っておらず、ミトへの深い愛情を感じさせた。

「お父さん……。お母さん……」

嗚咽を殺しながら、ポロポロと涙が頬を伝う。

ミトの村においての立場は決していいものではなかったが、このふたりの元に生まれてこれてなによりの幸運だと思えた。

「考えは変わらぬか。なら変わるまでもう少し痛めつけるしかあるまい。我々とて好んでしているわけではないのだ。すべては星奈の一族のため必要なのだ」

村長が視線で指示を出したのを見て村の大人たちが動き出すが、一部の大人は戸惑った表情をした。

「村長、さすがにこれ以上はヤバくないか？」

「ああ。死んじまう」

「そんなことを言っている場合ではない。忌み子を外に出すわけにはいかんのだ！　やれ！」

村長に逆らえず、彼らはしぶしぶ動きだす。

志乃をかばうように身構える昌宏の姿にミトは慌てて中に入ろうとしたが、波琉が手を引いて止めた。

「波琉？」

「ミトはここに。僕が行ってくるよ」

「でも！」

「いい子だからここで待っててね」

そう言うと、波琉はそっと触れるだけの口づけをミトの額に落とす。

カッと顔を赤くするミトに微笑んでから、波琉は集会所の中へと入っていった。

ハラハラとした気持ちで見ていると、そばにクロがやってきて一緒に中を覗く。

『ミト、さっきのは？』

「波琉だよ。私と同じアザのある龍神様」

『ああ、それならきっと大丈夫ね』

そうだといいのだが、波琉が龍神だと分かってはいても心配はなくなってはくれない。

そうこうしているうちに、突然入ってきた人外の美しさを持った波琉の登場に、村の大人たちはにわかにざわめき立つ。

「誰だ⁉」

「なんだお前！」

見知らぬ者がやってきて、激しく動揺しているのが伝わってくる。

けれど波琉はそんな空気の中でも冷静そのもので、ミトの両親の前で立ち止まると視線を合わせるようにしゃがんだ。

「大丈夫？」

「は、はい」

「あなたは？」

昌宏と志乃も混乱しているようだ。けれど害のある相手ではないとはなんとなく伝わっているのかもしれない。

「もう少し我慢していてね。これが終わったら皆で帰ろう」

「帰るって……」

困惑しているふたりを置いて、波琉はゆっくりと立ち上がり村長たちをひたっとにらみつける。

「ほんとうに人間という者はいつの時代も愚かなことをしたがるね」

「どこの誰か知らないが、無関係な奴は黙っててくれ。これは星奈の一族の問題だ」

「僕も普段なら放置しているところなんだけどね。ミトが泣くんだ。君たちの行いのせいで」

波琉を中心とし、波紋のように強い気がぶわりと充満していくのが分かる。

「なんだ、なんだ！」

見えないが、なにかの気配を感じるのだろう。

次の瞬間、村長をはじめとした村の大人たちが息苦しそうに胸を押さえて座り込んだ。

「くあっ」

「ぐっ……」

苦しげにうめく大人たちとは反対に、なんの影響もない昌宏と志乃はあっけにとられた顔をしている。

ミトは辛抱たまらなくなって、集会所の中に飛び込んだ。

「お父さん、お母さん！」

「ミト!?」

ふたりは目を大きくしてミトの登場に驚きをあらわにする。

「大丈夫？」

「ああ、大丈夫だが、こちらの方は。まさか」

察しのいい昌宏は波琉が誰か分かったようだ。

「うん。彼が紫紺様。彼が私の言ってた波琉だったの」

「あら、まあ」

志乃は思ってもいなかった知らせに驚く。

「波琉に許可をもらってね、ふたりを迎えに来たの。そうしたらこんなことになってて……」

ミトは血が流れる昌宏の口に悲しげに視線を向けた。

「ごめんね。お父さん、お母さん」

生まれてきてしまって。

だけど身を挺《てい》して守ってくれているふたりを侮辱するような気がして、そんなことは口が裂けても言えなかった。

「いいんだよ、ミト。お前を守れるなら」

「ちゃんと波琉君と会えたのね。ミトの言っていた通りイケメンだわ」

場違いなほどに笑顔の両親。それ以上の謝罪はいらないというようなふたりの態度に、ミトは泣きそうになるのをこらえて下手くそな歪んだ笑みを浮かべた。

「そうでしょう。言ったじゃない」

そうしている間も、波琉から発せられる強い神気にあてられた村の大人たちは苦しげにしている。

「これぐらいしたら懲りたかなぁ。どうする？　もう少し懲らしめよっか？」

まるで夕食にもう一品増やす？と問うかのような軽さで聞いてくる波琉に、昌宏と志乃はブンブンと首を横に振った。

「じゃあ、これぐらいで。でもミトに今までしてきたこともあるから追加でドーン」

波琉の言った通り、ドーンと激しく耳をつんざく音と地響きのような揺れと眩《まぶ》い閃光《せんこう》が走った。

そのあまりの衝撃に、ミトは気を失ってしまったのだった。

次に目を開けた時、ミトは波琉に膝枕をされていた。

「波琉！」

慌てて飛び起きようとしたのを波琉に止められてしまい、膝枕は継続中。どうしてこんな状況にと、内心ではパニック状態だった。

「ごめんね。ちょっとやりすぎちゃった」

「やりすぎたとは？」

「これまで村の人たち全員がミトを虐げていたって聞いたから、お仕置きに村の家全部に雷を落としたんだよね。でもその音と衝撃にミトが気を失っちゃってさ。まあ、ミトだけじゃなくて他も皆気絶しちゃったんだけど」

「えっ、雷を落としたの？　全部の家に？」

波琉はなんの悪気もなさそうに「うん」と頷いた。

「火事とかは……」

「そこはちゃんと調整したから大丈夫だよ。生き物にも危害は加えてないしね。あんなところで火事なんて起こしたら、山の生き物に迷惑がかかるから。これまでミトを手助けしてくれたみたいだしなおさらね」

ちゃんと建物だけ壊しておいたよと、褒められるのを待つ子供のような顔で報告されるが、「そうなんだ」としか言いようがない。

少し冷静さを取り戻したミトははっとする。

「お父さんとお母さんは!?」

「ふたりなら庭にいるよ」

「庭？」

「見に行こうか」

ようやく膝枕から解放され、波琉に手を引かれて屋敷の庭に出る。

気を失っている間に、どうやら龍花の町に戻ってきていたようだ。

ゴルフでもできそうな広すぎる庭を歩くと、そこにはミトの見慣れた我が家がどーんと鎮座していた。

「えっ、なんでここに家が？」

幻覚でも見ているのかと思ってしまった。それぐらいに違和感がありすぎる。

「ミトも生まれ育った我が家がある方が落ち着くかと思って、一緒に持ってきたんだよ」

どうやって？という疑問は今さらだろうか。なにせ相手は人間の常識にははめられない龍神様なのだから。

空を飛んで雷を自由自在に落とせることを考えたら、家の一軒ぐらい持ってくるのは不可能ではないのかもしれない。

「まだ荒らされたリビングは直してないけど、すぐに蒼真に直させるよ」

蒼真の悲壮な顔が目に浮かぶようだ。

すると、二階のベランダから昌宏と志乃が顔を出して手を振ってきた。

元気な様子のふたりの姿にほっとして、ミトも手を振り返す。

ふたりは中の片づけをするというので、ミトは波琉の部屋へと戻った。

「ミトの両親はあの家が直ったらそこで暮らすようだから、ミトも好きな時に行ったらいいよ」

「うん」

「でも遊びに行くだけで、ミトが暮らすのは僕の部屋の隣だからね」

そこは譲らないという波琉に、ミトはクスリと笑った。

「なんかこの数日間で一気にいろいろありすぎて、頭の中がいっぱいいっぱいかも。まだ波琉がここにいるってことが信じられない」

「ふふふ、ここにいるよ」

笑って、存在を教えるかのように手を握り指を絡ませた。

軽い触れ合いでも、恋愛初心者のミトには刺激が強く、顔を赤くしてしまう。

そんな反応すらかわいいとつぶやいてミトの手の甲にあるアザに唇で触れたものだから、さらにミトの顔に熱が集まる。

「うーん、これじゃあもの足りないな。唇にしてもいい？」

「無理無理無理無理！」

必死で首を横に振るミトに、波琉は「残念」と言ったが、その表情は楽しげでまったく残念そうには見えない。

「波琉は私で遊んでるでしょ」

「そんなことないよ。こうしてミトに触れて、ミトの反応が返ってくるのが嬉しいんだ。これまでは邪魔な壁のせいでミトに指一本触れるどころか声も聞こえなかったんだから」

それについてはミトも同感である。

「私も、波琉の声が聞けて嬉しい……」

はにかむように笑えば、波琉が目を見張って我慢できないというようにミトに抱きついた。

「わっ、波琉！」

「今のはミトが悪いよ。そんなかわいいことを言われたら、理性がぶち切れちゃいそう。切ってもいい？」

「絶対駄目！」

なんと怖ろしい言葉を口にするのか。

「えー、やっぱり？　まあ、時間はたっぷりあるし、おいおいね？」

ミトの頬に不意打ちで口づけた波琉に、ミトはうろたえる。

だが波琉の猛攻撃は終わることなく、ミトを膝の上に乗せると包み込むようにぎゅうぎゅうと抱きしめ、ミトの頭に頬をスリスリと擦りつける。

それはまるで甘えてくるクロのようで、波琉のサラサラの銀の髪がくすぐったい。

「波琉……」

猫のような仕草に困惑するミトだったが、波琉がとても機嫌よさそうにしているのは分かる。

「これまで我慢してた分もミトを堪能しないと」

あまりにもいい笑みを浮かべるものだから、ミトも反論の言葉をなくしてしまう。

けれど、お互い想い合っていたことを知れたとはいえ、こうして触れ合うのは今日で二日目。

できればもう少しお手柔らかにお願いしたいが、波琉の行動はどんどん遠慮がなくなってきて、ついにミトの首筋に顔を寄せた。

「ミトは甘い匂いがする」

「におっ！　波琉、それは変態くさい」

「ミト専属の変態ならそれも悪くないね」

いやいや、悪いことばかりである。一番に、ミトの心臓が耐えられない。

スキンシップ過多のように思うが、誰にでもこうなのかと疑問が湧く。

「波琉はスキンシップが好きなの？」

「いいや。こんなに誰かにさわりたい衝動に駆られたのは初めてだよ。これが花印に選ばれた伴侶ってことなのかな？」

「他の花印の伴侶を持った龍神様も波琉みたいな感じなの？」

「うーん。龍花の町に降りてきてからは、他の龍神に会っていないから分からないかな。でも金赤の王は花印の伴侶をすごく溺愛してたよ。今ならその気持ちがよく分かるな」

金赤の王とは星奈の一族を追放した張本人だと蒼真から聞いている。

「星奈の一族はどうして追放されたの？」

「さあ、それは僕も知らないかな。今度機会があったら聞いてみるよ。でも、ミトに散々ひどいことをしてきた連中の先祖だからね。きっと自業自得な問題を起こしたんじゃないかな」

「……村の人たちは今後どうなるのかな？」

蒼真によるとミトを隠した罰があるらしいが、それがどんなものかミトは知らない。

「気になる？」

波琉がどこか心配そうにミトの様子をうかがう。

「まったくって言ったら嘘になっちゃう。あの人たちにはいろいろされてきたし。お父さんとお母さんにだって、決して住みやすい雰囲気じゃなかった。夜中にふたりで話し合ってるのをこっそり見るたびに、自分が生まれてきたことが申し訳なくて仕方なかった。自分がいなきゃふたりはもっと楽に生活できただろうに、私のせいで村の人たちから爪弾きにされちゃってた」

自分が生まれてこなければと何度思っただろうか。

「真由子にもよく言われてた。あんたが生まれてきたことが間違いなんだって。私、反論できなかった……。その通りだもん」

的を射ていたから、ミトも反論しようとも思わなかった。

けれど、その言葉を向けられるたびにどうしようもなく悲しくてつらくなる。心臓がわし掴《づか》みにされたように痛くて苦しかった。

両親に気づかれないよう布団の中で泣き声を押し殺した回数は数えきれない。

「そんな胸が痛くなることを言わないで」

波琉は悲痛な顔でミトの手を握った。

「波琉」

「たとえ他の奴らがなんと言おうと、僕はミトが生まれてきてくれたことがなにより嬉しいんだ。それを覚えていて。忘れないで」

波琉の真摯な言葉がミトの心に刺さって、罪悪感が襲う。

下を向き、沈んだ表情を浮かべるミト。

「ごめんね、波琉」

「どうして謝るの？」

「私、ずるい人間なの。こんなネガティブ発言をしたら波琉は否定するしかないのに、分かってて口にしてる。他の誰でもなく波琉にそれは違うって言ってほしくて」

そうだ。生まれてくるべきではなかったと思いつつも、否定してくれることを願っていた。

両親ではない別の誰かに、自分は必要とされていることを教えてほしかった。

そうしてくれるのは波琉がいいとも願っていた。大好きな波琉の言葉なら、きっと自分は素直に受け入れられると思ったから。

「自己満足に波琉を利用しちゃった……」

ずーんと落ち込むミトに波琉はクスリと笑い、ミトと顔を向き合わせ、額と額をくっつけた。

「ミトがそれで救われるなら、気がすむまで何度だって言うよ」

波琉はミトの瞼《まぶた》にそっと口づけてから、ミトのすべてを包み込むような笑顔で囁いた。

「僕は待っていたよ、君が生まれてくるのを」

波琉の優しさが心に染みわたり、不覚にもミトの瞳から涙がこぼれる。そして望まれなかった自分が消え、新しく生まれ変わったような気持ちになれた。

流れる涙を波琉が愛おしげに袖で拭う。

「これからはミトを虐げようとする人間はいないよ。僕が全力で守るからね。だからミトはこの龍花の町を楽しむといい」

「うん。ずっと村に閉じ込められていたから、やりたいことたくさんあるの」

「なにをしたいの？」

「一番は波琉とデートしたい。ずっと壁があって話せなかったから、たくさんおしゃべりしたいな。時間を気にせず波琉といられるなんて夢みたい」

はにかみながら告げるミトに、波琉は撃沈した。

「ミトがかわいすぎてつらい。生殺しだ……」

「ん？」

こてんと首をかしげるミトに、「なんでもないよ」と波琉は首を振る。

「それから学校もあこがれてるの。友達をたくさん作って普通の学生生活を送ってみたい」

「なら、これからどんどん実現していこう。まずは学校だね。……でもそうか、人間は結婚するのに年齢制限があるんだっけ。早くミトを伴侶にしたいけど仕方ないか。蒼真に頼んでおくけど、学校で他の男に捕まったら駄目だよ？　花印同士で結婚する者も中にはいるからね」

「そうなの？　でも、そんな心配必要ないから大丈夫だよ。ありがとう、波琉」

晴れやかな笑みを浮かべたミトの顔は、これから待ち受ける期待と希望に満ちあふれていた。

特別書き下ろし番外編

黒猫のクロ

村長の家には黒猫のクロと白い犬のシロがいる。

クロは寝たい時に寝て、食べたい時に食べる気ままな生活を送っている。

番犬代わりとして飼われているシロは、クロからするとアホかわいい弟分だった。

番犬のくせに誰にでも愛想がいいのだが、家主にだけ吠えるのである。

その気持ちはよく分かる。クロも村長家族のことは好きではないので、撫でようとしてこようものなら猫パンチを連打して近付けなくさせていた。

彼らからしたら、かわいくない飼い猫に違いない。

村長家族が嫌いなのは、山に住む多くの動物たちも同じだろう。

なにせクロたちが大好きなミトをいじめる憎き奴らの親玉なのだから。

村長の家のリビングで毛づくろいをしていたクロは、神薙から電話がかかってきたという言葉を聞いて耳を研ぎ澄ませた。

それにより神薙がやってくるという情報を得たクロは外の犬小屋にいるシロに伝え、さらにそこからミトに伝わるように伝言ゲームが始まったのだ。

散々虐げられてきたミト家族がようやくやる気を出したことに喜んだのはクロだけ

ではなかった。

ミトのために多くの動物たちが我も我もと協力を申し出たのだ。

どれだけミトが山の動物たちに好かれていたかがよく分かる。

皆の協力により神薙とともに村を出ていったミトに、寂しさ半分喜び半分という、我が子を送り出す母親のような気持ちでクロは見送った。

かと思ったら、村の奴らにミトの両親が連れていかれたのである。

暴力を受ける父親を覗き見て、これは大変だと慌てたクロは、協力者を呼びに行こうとしたところでミトが帰ってきているのを発見する。

そこからはあっという間の出来事で、雷が各家々の屋根を突き破って破壊していったのだ。

ざまあと内心でほくそ笑んだクロは、気を失ったミトを抱いて出てきた波琉に近付いた。

『ねえ、ミトを連れていくの？』

「もちろんだよ。村の環境はミトによくないからね」

『だったら私も連れてって！』

「君も？」

しかし、すぐにクロの頭の中にシロの姿が頭をよぎる。

あのかわいい弟分は、クロがいなくなったら悲しむだろう。

『私と、もう一匹追加で！　クズどもといるよりミトと一緒にいる方がいいもの』

波琉は少し悩んだようだが、腕の中にいるミトに視線を落とすと答えは早かった。

「いいよ。君はミトのためによくしてくれたみたいだし。もう一匹ってのは？」

『犬のシロよ。あの子もミトが大好きなの』

「じゃあ、連れておいで。ミトの家にいるから、そろったら出発だ」

ミトを抱いたままの波琉と別れ、クロは足取り軽く村長宅へと急いだ。

家の前には、半壊した我が家を見て呆然とたたずんでいる真由子がいた。

二度目の『ざまあ』を心の中でつぶやいてから、放心状態の真由子の横を軽快な足取りで通り過ぎて、犬小屋にいたシロの元へ。

龍神様は上手に建物だけ狙ったのか、真由子も、そして犬小屋にいたシロも無事だった。

「わふ？」

壊れた家を見上げてこてんと首をかしげるシロは、なにが起こったか理解できていないようだ。

『シロ』

『あー、クロ～。どこ行ってたの？』

『ミトのとこよ』

『えー、いいなあ』

シロは呑気なもので、村から出ていったはずのミトがなぜいるのか疑問に思っていないようだ。ミトに会えないことを無邪気に残念がっている。

『私、これからミトと一緒に龍花の町に行くんだけど、シロはどうする？』

答えは分かっているようなものだったが、一応意思確認すると、案の定。

『僕も行く～』

尻尾をブンブン振って「ワンワン！」と吠えた。

『じゃあ、ちょっと大人しくしてて』

クロはシロをつないでいたリードを木の棒から器用に抜く。

『よし、これでいいわ。行くわよ』

『わーい』

きゃんきゃんと嬉しそうに吠えてグルグル回る落ち着きのないシロに一発猫パンチをかまして大人しくさせると、一緒にミトの家を目指した。

これでもう嫌な飼い主とはおさらばだと、気分は最高潮だった。

龍花の町に着くや、広大な庭で元気よくシロが走り回っている。

これはしばらく帰ってこないなとあきらめたクロがミトの様子を見に行くと、波琉に抱っこされていちゃついていた。

自分とシロも来たことを早くミトに伝えたいのに、しばらくおあずけなようだ。

ミトの幸せそうな顔を見て、クロはそっとその場を離れた。

数日後、スズメまでもがミトを追ってやってくるとは思いもよらずに。

完

あとがき

こんにちは、クレハです。

このたび、『龍神と許嫁の赤い花印～運命の証を持つ少女～』を出していただくことになりました。

無事に発売でき、こうしてお手に取っていただきましてありがとうございます！

今回は同じくスターツ出版様で出していただいております『鬼の花嫁』と同じ、和風ファンタジーになります。

鬼の花嫁のヒーローはあやかしでしたが、今回は龍神様と、我ながらこういう世界観が好きだなと実感した作品でもあります。

本当ならば大事に育てられたはずの主人公ミトが、周囲からの不遇な態度にもめげずに頑張っていくお話です。

鬼の花嫁の主人公と比べると少し気が強めでしっかりとした自己を持っている子です。

けれどやはり普通の女の子ですので、落ち込むこともあれば怒ることも悲しむこともある。

そんなミトをヒーローだけでなく、両親や愉快な仲間たちがサポートしてくれています。

周りから虐げられていようと、決してひとりではないミトはきっと不幸ではないと思っています。

そして波琉と出会えたことで、これからさらに変わっていくでしょう。

波琉は穏やかながらも冷めた感情を持ったヒーローですが、ミトを前にするとワンコのように甘えん坊に。

次巻では波琉がミトを猫かわいがりするような日常も書けたらなと思います。

村の閉鎖された小さな世界の中で生きてきたミトが、たくさんの出会いをしていくのを応援していただけたら嬉しいです。

クレハ

この物語はフィクションです。実在の人物、団体等とは一切関係がありません。

クレハ先生へのファンレターのあて先
〒104-0031　東京都中央区京橋1-3-1　八重洲口大栄ビル7F
スターツ出版（株）書籍編集部 気付
クレハ先生

龍神と許嫁の赤い花印
～運命の証を持つ少女～

2022年6月28日　初版第１刷発行

著　者　　クレハ

発 行 人　菊地修一
デザイン　カバー　北國ヤヨイ（ucai）
　　　　　フォーマット　西村弘美
発 行 所　スターツ出版株式会社
〒104-0031
東京都中央区京橋1-3-1　八重洲口大栄ビル7F
出版マーケティンググループ　TEL 03-6202-0386
（ご注文等に関するお問い合わせ）
URL　https://starts-pub.jp/
印 刷 所　大日本印刷株式会社

Printed in Japan

ISBN　978-4-8137-1286-2　C0193

スターツ出版文庫　好評発売中!!

『君はきっとまだ知らない』　汐《しお》見《み》夏《なつ》衛《え》・著

夏休みも終わり新学期を迎えた高1の光夏。六月の“あの日”以来ずっとクラス中に無視され、息を殺しながら学校生活を送っていた。誰からも存在を認められない日々に耐えていたある日、幼馴染の千秋と再会する。失望されたくないと最初は辛い思いを隠そうとするが、彼の優しさに触れるうち、堰を切ったように葛藤を打ち明ける光夏。思い切って前に進もうと決心するが、光夏は衝撃のある真実に気づき…。全ての真実を知ったとき、彼女に優しい光が降り注ぐ——。予想外のラストに号泣必至の感動作。

ISBN978-4-8137-1256-5／定価660円（本体600円+税10%）

『青い風、きみと最後の夏』　水《み》瀬《なせ》さら・著

中3の夏、バスの事故で大切な仲間を一度に失った夏瑚。事故で生き残ったのは、夏瑚と幼馴染の碧人だけだった。高校生になっても死を受け入れられず保健室登校を続ける夏瑚。そんなある日、事故以来疎遠だった碧人と再会する。「逃げるなよ。俺ももう逃げないから」あの夏から前に進めない夏瑚に、唯一同じ苦しみを知る碧人は手を差し伸べてくれて…。いつしか碧人が特別な存在になっていく。しかし夏瑚には、彼に本当の想いを伝えられないある理由があって——。ラスト、ふたりを救う予想外の奇跡が起こる。

ISBN978-4-8137-1257-2／定価649円（本体590円+税10%）

『今宵、狼神様の契約花嫁が身籠りまして』　三《み》沢《さわ》ケイ・著

恋愛未経験で、平凡OLの陽茉莉には、唯一あやかしが見えるという特殊能力がある。ある日、妖に襲われたところを完璧エリート上司・礼也に救われる。なんと彼の正体は、オオカミの半妖（のち狼神様）だった⁉　礼也は、妖に怯える陽茉莉に「俺の花嫁になって守らせろ」と言い強引に“契約夫婦”となるが…。「怖かったら、一緒に寝てやろうか？」ただの契約夫婦のはずが、過保護に守られる日々。——しかも、満月の夜は、オオカミになるなんて聞いてません！

ISBN978-4-8137-1259-6／定価682円（本体620円+税10%）

『偽りの後宮妃寵愛伝～一途な皇帝と運命の再会～』　皐《さ》月《つき》なおみ・著

孤児として寺で育った紅華。幼いころに寺を訪れた謎の青年・晧月と出会い、ふたりは年に一度の逢瀬を重ね、やがて将来を誓い合う。しかしある日、父親が突然現れ、愛娘の身代わりに後宮入りするよう命じられてしまい…。運命の人との将来を諦めきれぬまま後宮入りすると、皇帝として現れたのは将来を誓った運命の人だった——。身分差の恋から、皇帝と妃としての奇跡の再会に、ふたりは愛を確かめ合うも、呪われた後宮の渦巻く陰謀がふたりを引き裂こうとしていた。ふたりの愛の行く末は⁉

ISBN978-4-8137-1258-9／定価671円（本体610円+税10%）

スターツ出版文庫　好評発売中!!

『君のいない世界に、あの日の流星が降る』　いぬじゅん・著

大切な恋人・星弥を亡くし、死んだように生きる月穂。誰にも心配をかけないように悲しみをひとり抱えていた。テレビでは星弥の命日7月7日に彼が楽しみにしていた流星群が降るというニュース。命日が近づく中、夢の中に彼が現れる。夢の中で、月穂は自分の後悔を晴らすように、星弥との思い出をやり直していく。しかし、なぜか過去の出来事が少しずつ夢の中で変化していき…。「流星群は奇跡を運んでくれる」星弥が死ぬ運命を変えられるかもしれない、そう思った月穂は、星弥を救うため、ある行動にでるが——。

ISBN978-4-8137-1241-1／定価682円（本体620円+税10%）

『太陽みたいに輝く君が、永遠の眠りにつくまで』　浅井《あさい》ハル・著

両親の死をきっかけに人と関わることを遠ざけていた高3の染谷悠介。ある日、学校の中庭で眠る女の子に心配して声をかけようとすると、彼女はクラスの人気者の日向佳乃だった——。寝起きの彼女に突然頼まれたのは「私の夢の正体を見つけてほしいの」という唐突すぎるもの。渋々了承し一緒に過ごすうちに、ふたりの距離は縮まっていく。お互いの秘密を打ち明けようとしたとき、彼女が倒れ、余命わずかなことを知り…。さらに彼女の夢にはふたりを結ぶ隠された秘密があった——。消極的な染谷と天真爛漫な日向の純愛物語。

ISBN978-4-8137-1242-8／定価627円（本体570円+税10%）

『鬼の生贄花嫁と甘い契りを二～ふたりを繋ぐ水龍の願い～』　湊《みなと》祥《しょう》・著

鬼の若殿・伊吹の花嫁となった凛。伊吹から毎朝人間の匂いを消すために頬へ口づけされ、溺愛され、幸せに包まれていた。家族に虐げられていた日々が嘘のような日常に幸せを感じつつも、働くことが当たり前だった凛は、伊吹に仕事がしたいと願い出る。そして伊吹が探してくれたあやかし界随一の温泉旅館で楽しく仕事を始めるけれど…。幼いころから伊吹を想い猛アタックする絡新婦・糸乃や、凛に恋心を抱く旅館の旦那・瓢の登場でふたりに危機が訪れて⁉　超人気和風あやかしシンデレラストーリー第二弾！

ISBN978-4-8137-1244-2／定価671円（本体610円+税%）

『後宮の生贄妃～呪われた少女が愛を知るまで～』　望月《もちづき》くらげ・著

死を予知できる目を持つ春麗は、家族から忌み嫌われ、虐げられてきた。家に居場所もなく、消えてしまいたいと願う日々。そんなある日、側にいる者は必ず死ぬと噂される皇帝・青藍の妃として、生贄のように入宮が決まる。しかし、恐ろしいはずの彼は、怪我をした春麗を心配し守ってくれて——。春麗にとって、誰かに優しくされるのは生まれて初めてのことだった。"死"の運命に導かれたふたりは、惹かれ合い、不幸な少女はいつしか愛に満たされて…。青藍を苦しめる死の真相を、春麗の目が暴く、シンデレラ後宮ラブストーリー。

ISBN978-4-8137-1243-5／定価671円（本体610円+税10%）

スターツ出版文庫　好評発売中!!

『卒業　桜舞う春に、また君と』

卒業式を前になぜか大切な友達と一緒に過ごせなくなった女子高生（『桜の花びらを君に』丸井とまと）、兄の急死で自分の居場所を見つけられず反抗する男子中学生（『初恋の答えは、約束の海で』水葉直人）、亡くなった彼との叶わぬ再会の約束を守ろうと待ち合わせ場所を訪れる女性（『花あかり～願い桜が結ぶ過去～』河野美姫）、自分宛てではないラブレターに正体を偽って返事を書く女子高生…（『うそつきラブレター』汐見夏衛）。桜舞う春、別れと出会いの季節に、さまざまな登場人物が葛藤し成長していく姿に心救われる一冊。

ISBN978-4-8137-1229-9／定価660円（本体600円+税10%）

『泣いて、笑って、ありのままの君で』　音《おと》はつき・著

自分に自信のない白城庭は、嫌なことを嫌と言えず、自分の好きなもののことも隠して過ごしていた。ある日、クラスの中心人物・鍬内想にその秘密を知られてしまう。笑われると思ったのに「俺の前では、堂々と好きなものを好きって言っていい」と、ありのままの庭を受け入れてくれて…。想の存在が、ずっと本当の自分を見せるのが怖かった庭を変えていく。しかし、実は想にも庭に見せていない心の奥の葛藤があると知り——。正反対のふたりが認め合い、自分らしさを見つける、青春恋愛感動作！

ISBN978-4-8137-1227-5／定価638円（本体580円+税10%）

『京の鬼神と甘い契約～新しい命と永久の誓い～』　栗栖《くりす》ひよ子《こ》・著

追放された京都の和菓子屋令嬢・茜は、店を取り戻すため、世にも美しい鬼神・伊吹と契約し、偽装夫婦となる。形だけの夫婦だったはずが、伊吹に過保護に溺愛されて…。しかし、人間が鬼神の本当の花嫁になるには、彼の子を身籠らねばならないと知り——。ウブな茜はその条件に戸惑い、伊吹とぎくしゃく。その頃、店に新しい店員･真白が入る。彼は、イジワルな鬼神様･伊吹とは真逆の優しい王子様イケメン。なぜか茜との距離が近い真白に伊吹の独占欲が目覚めて…。ふたりは果たして本当の夫婦になれるのか——!?

ISBN978-4-8137-1228-2／定価649円（本体590円+税10%）

『後宮妃は麒神の生贄花嫁　五神山物語』　唐澤和希《からさわかずき》・著

数百年に一度、黄色の星が流れると、時を統べる麒神・旺隠に花嫁を捧げる国・漸帝国の公主として育った春蘭。好きな人がいる姉の代わりに麒神の生贄花嫁として捧げられることに。孤独な旺隠と天真爛漫な春蘭は一瞬で惹かれ合い、春蘭はご懐妊するも、突然命を失ってしまい…。そして三百年後、転生した春蘭は再び後宮入りし、旺隠と過去の幸せを取り戻そうと奔走し、愛されて——。「お腹の子と君を必ず守る」今度こそ愛し合うふたりの子を守れるのか!?　大人気シリーズ五神山物語第二弾！

ISBN978-4-8137-1230-5／定価638円（本体580円+税10%）

スターツ出版文庫　好評発売中!!

『記憶喪失の君と、君だけを忘れてしまった僕。3～Refrain～』　小鳥居《ことりい》ほたる・著

大切な人を飛行機事故で失い、後悔を抱え苦しんでいた奈雪。隣人の小鳥遊の存在に少しずつ救われていくが、その矢先、彼が事故で記憶喪失になってしまう。それでも側で彼を支える奈雪。しかし、過去の報いのようなある出来事が彼女を襲い、過去にタイムリープする。奈雪はもう一度生き直し、小鳥遊の運命を変えようともがくが…。二度目の世界では華怜という謎の美少女が現れて——。愛する人を幸せにするため、奈雪が選んだ選択とは？全ての意味が繋がるラストに、涙！感動の完結編！

ISBN978-4-8137-1210-7／定価737円（本体670円+税10%）

『君が僕にくれた余命363日』　月瀬《つきせ》まは・著

幼いころから触れた人の余命が見える高２の瑞季。そんな彼は、人との関わりを極力避けていた。ある日、席替えで近くなった成田花純に「よろしく」と無理やり握手させられ､彼女の余命が少ないことが見えてしまう。数日後、彼女と体がぶつかってしまい、再び浮かびあがった数字に瑞季は固まってしまう｡なんと最初にぶつかったときより､さらに余命が一年減っていたのだった——。瑞季は問いかけると…彼女からある秘密を明かされる。彼女に生きてほしいと奔走する瑞季と運命に真っすぐ向き合う花純の青春純愛物語。

ISBN978-4-8137-1212-1／定価693円（本体630円+税10%）

『後宮の寵姫は七彩の占師～月心殿の貴妃～』　喜咲冬子《きさきとうこ》・著

不遇の異能占師・翠玉は、後宮を蝕む呪いを解くため、皇帝・明啓と偽装夫婦となり入宮する。翠玉の占いで事件は解決し「俺の本当の妻になってほしい」と、求婚され夫婦に。皇帝としての明啓はクールだけど…翠玉には甘く愛を注ぐ溺愛夫。幸せなはずの翠玉だが、異能一族出身のせいで皇后として認められぬままだった。さらに周囲ではベビーラッシュが起こり、後継者を未だ授かれぬ翠玉は複雑な心境。そんな中､ついに懐妊の兆しが…⁉ しかし、その矢先、翠玉を脅かす謎の文が届いて——。

ISBN978-4-8137-1211-4／定価693円（本体630円+税10%）

『大正偽恋物語～不本意ですが御曹司の恋人になります～』　小谷 杏子《こたにきょうこ》・著

時は大正四年。両親を亡くし叔父夫婦に引き取られ、虐げられて育った没落令嬢・御鍵絹香。嫌がらせばかりの毎日に嫌気がさしていた。ある日、絹香は車に轢かれそうなところを偶然居合わせた子爵令息・長丘敦貴に後ろから抱きすくめられ、助けてもらう。敦貴に突然『恋人役にならないか』と提案され、絹香は迷わず受け入れる。期間限定の恋人契約のはずが、文通やデートを重ねるうちにお互い惹かれていく。絹香は偽物の恋人だから好きになってはいけないと葛藤するが、敦貴に「全力で君を守りたい」と言われ愛されて…。

ISBN978-4-8137-1213-8／定価682円（本体620円+税10%）

書店店頭にご希望の本がない場合は、書店にてご注文いただけます。